El país del diablo

El país del diablo
Segunda edición (En exclusiva para Estados Unidos de América, Puerto Rico y Centroamérica)
© Perla Suez, 2015
© Sobre esta edición:
La Pereza Ediciones, Corp
Diseño de cubierta: Eric Silva
Fotografía de la autora en contraportada:
Archivo general del periódico "La Nación"

Reservados todos los derechos. Ninguna parte de este libro puede ser reproducida, almacenada en sistemas de recuperación o transmitida de ninguna forma, ya sea electrónica, mecánica, por fotocopia, grabación o de otra manera, excepto que sea expresamente permitido por los estatutos de autor aplicables, o escrito por el autor.

Impreso en Estados Unidos de América

ISBN-13: 978-0692611579

ISBN- 10: 0692611576

Para más información:
www.laperezaediciones.com

El país del diablo

PERLA SUEZ

A Roberto, Luciana, Laura y Martín

No estén tristes, no crean que voy a morir,
les digo esto para que no se sientan tristes
y sepan que yo seré machi
Testimonio de una niña mapuche*

No sean bárbaros, alambren
Domingo F. Sarmiento**

Esta historia es una ficción,
y no alude a ninguna realidad en particular.
Cualquier parecido con ésta es parte del azar.

SUFRIMIENTO

Una vasta compañía de soldados ha sido lanzada al vacío. Hombres blancos e indios marchan, un ejército de pulgas adiestradas. Avanzan tan rápido que las ruedas de las carretas parecieran correr hacia atrás. Las mulas van cargadas de fusiles. Se internan en el país del diablo.
Es un día crucial y el desierto es testigo.

Un viaje iniciático

Es de madrugada, aún está oscuro. La machi camina cargando su cuerpo con pasos cortos entre los pastizales. Con la mano izquierda, sostiene alto el tambor ritual, el cultrúm, en el que está dibujado el universo, dividido en cuatro partes con los símbolos de la tierra y el cielo. Con la mano derecha, lo hace sonar.
Tiene un collar de placas redondas de plata que remata en el centro en un águila bicéfala, y una huincha alrededor de la cabeza para sujetar el pelo negro abundante, salpicado de algunas mechas blancas. Lleva un poncho de lana de varios colores sobre los hombros, atado con un alfiler a la altura del cuello.
Delante de ella, camina la india que será iniciada. Tiene catorce años. La espalda ancha de los araucanos, ojos alargados y profundos que parecen grabados con un cuchillo. Lleva en alto una antorcha para alumbrar el camino. Su pelo negro escapa desordenado a la huincha, como las crines de un caballo. Sin embargo, sus ojos son del color de la miel, y algunos rincones de su piel delatan la palidez que intentó opacar con ayuda del sol. Viste una camisa de lana marrón

claro, atada con una faja a la cintura, no tiene ningún adorno.

Detrás viene un grupo de hombres y mujeres de la tribu. Llevan antorchas y son dieciséis en total. Cantan, beben chicha. Algunos bailan dando giros y aplauden. Atraviesan el pastizal y se acercan a una loma. La tierra está húmeda.

Llegan a un valle donde hay un tótem hecho de madera de unos cuatro metros. Es el rehue. El lugar donde nacerá un hombre nuevo. Está cubierto de varios vegetales, el maqui, la quila y el manzano. En medio hay un leño tallado con siete peldaños. Los últimos dos son una cabeza humana y un sombrero. El primer peldaño representa la totalidad, el segundo la sabiduría, el tercero la tradición, el cuarto el trabajo, el quinto la justicia, el sexto la libertad y el séptimo, la cúspide, es la gente. Está orientado hacia el este, porque marca el movimiento del día, el nacimiento del sol y el paso de las estaciones. Es la representación del hombre de pie en un punto del planeta.

El grupo hace un círculo y clavan las antorchas en el suelo. Siguen cantando y bailando mientras las mujeres preparan un lecho con algunas mantas para que la india se acueste.

La machi vieja deja a un lado el tambor. Se acerca hasta su discípula que ya se ha quitado la camisa, y sin dejar de cantar, saca unas bolsas pequeñas de un morral y las dispone alrededor de la joven india. También tiene unas vasijas donde vuelca un poco de chicha de su bolsa de cuero. Luego toma una piedra con filo y comienza a rasparle la piel. Las demás mujeres las rodean y el rumor de sus voces parece separarlas del resto de la noche. La mujer vieja raspa los brazos y las piernas a la india del modo en que lo hacían los antiguos, para que el neófito renazca con una nueva piel después de su muerte iniciática.

La machi saca unas semillas de un sobre de cuero y las muele en un mortero. Con el polvo arma su pipa y la enciende. La joven se sienta sobre el lecho. La anciana da de fumar a la india, cuatro, cinco pitadas. Su cuerpo se ablanda mientras entra en trance. La vieja apaga la pipa. Después, la machi se sienta en el suelo a tocar su cultrúm y a cantar. Los demás forman un círculo alrededor del tótem y acompañan los cantos agitando cencerros.

La india se pone de pie y comienza a danzar siguiendo el ritmo del tambor. A medida que la música asciende, se deja llevar cada vez más y avanza hacia la escalera. Sube los peldaños uno a uno. Se ayuda con las manos y se para sobre la punta del rehue. Se estira cuan largo es su cuerpo, con los brazos y la mirada hacia el cielo simbolizando su viaje sagrado, y dice:

"Yo, Lum Hué, que llevo el número cuatro en mi elemento, el cuatro que es sagrado porque indica la división del universo, el descanso, la lluvia, el tiempo de brotes y de abundancia, también las divisiones de la gente en la tierra y el sol que está en la noche. Tengo la fuerza de una laguna escondida entre otras dos y por eso mi elemento es el agua.

Hace catorce años que estoy en esta tierra fértil y en este día seré machi.

A partir de ahora vivirás en mí, Ngenechen, porque me has elegido. No soy machi por mi propia decisión, sino porque me has llamado. Dicen que cabalgas un hermoso caballo y estás rodeado de animales, dame a mí también animales en recompensa por mi labor.

Seré machi perfecta. No llamaré a los espíritus oscuros, no podrán decir que hago brujería porque seré machi buena y sanaré a los enfermos y la gente dirá ahora ya no moriremos".

La india mestiza sigue bailando y cantando. Comienza a alzar la voz y el tambor de la machi vieja se vuelve más intenso. El cuerpo de la joven se curva. Está llegando al éxtasis espiritual. Se dobla cruzando los brazos sobre su pecho y salta.

La gente hace exclamaciones, gritan y se acercan a ella. Todos quieren tocarla. Dos hombres la alzan en brazos y la depositan nuevamente en el lecho.

Allí, la machi cubre a la muchacha con paja y la deja dormir el sueño donde los espíritus la visitarán para que pueda morir la joven india y nacer la machi.

El grupo ha traído un carnero que degüellan en sacrificio. La machi ve la sangre manar, bajo el resplandor del fuego, y una serie de imágenes se le presentan en su cabeza, cosas que la hacen estremecerse y perder el equilibrio. Ve un rehue quemado. Unas manos tirando una rama de foike. Una yegua perdida. Muerte. Los ojos se le ponen blancos y escucha que el viento le está gritando en los oídos. Le habla de su discípula. Le enseña su destino y no hay nada que ella pueda hacer.

Tiene miedo. Una mujer le pregunta qué ha visto. La machi la mira con dolor y niega con la cabeza. No puede decirle, no tiene sentido. La vieja machi está apoyada en el brazo de la mujer, ésta le dice que no se preocupe por nada, que la ceremonia ha sido un éxito y seguirán la fiesta en la mañana. La machi le contesta que no, que los espíritus le han enviado un mensaje. Entonces se suelta del brazo de la mujer, alza las manos y pide a todos que la escuchen.

La gente se acerca y la anciana les dice que ha recibido instrucciones del otro mundo. Deben dejar a la neófita sola. Hay otras fuerzas que se ocuparán de ella y no son ellos los que deben interferir esta vez. Les dice que ahora tienen que irse de vuelta a sus casas y esperar. Cuando llegue la mañana sabrán cuál es el designo de Ngenechen, eso es lo más importante y ninguno debe desobedecer.

Los hombres y mujeres se miran desconcertados, no es esa la costumbre. Deberían seguir festejando y hacer sus ofrendas. Es una gran decepción. Pero la machi se muestra inflexible y todos la respetan demasiado para insistir. Lentamente recogen sus cosas y se encaminan de vuelta a la toldería.

La machi se acerca a la joven que descansa en un profundo sopor y pasa sus manos en el aire sobre su cabeza y su pecho susurrando una oración. Luego se agacha y le besa la frente. Se demora un poco más. Le cuesta dejarla y como quien cumple con un deber que le es impuesto, la machi respira hondo. Se levanta y se va.

Aún no amaneció en la toldería. La vieja machi está dentro de su casa hecha de cañas de totora, varillas de colihue y cueros. Está haciendo arder un pequeño fuego. Por encima de éste, hacia un costado, hay algunas varas de donde cuelgan las mazorcas. Se ven decenas de vasijas de barro y vasos hechos de cuerno de carnero. En diversos ángulos, hierbas que cuelgan para secarse, y en el suelo un cuero de oveja con la piedra para moler el trigo tostado. Hay cigarros comprados a los blancos en la frontera. Platos y cucharas de madera. Trozos de rocas de variados colores y formas, y otros objetos que se desdibujan en la totalidad del toldo.

"Permite Ngenechen que pueda ver más allá", invoca la machi.

Ella necesita instrucción en la soledad para que el gualicho y la gente mala no la señalen más, siente en su cuerpo y su cabeza una luz celeste que brota de todo su ser y aunque la mayoría de nuestra gente no puede verlo, algunos pocos de más valía, sí. Esta muchacha vino a mí y fue como si el techo de mi ruca se hubiera levantado de repente. Le dije al cacique que aunque en una parte de sus venas corriera sangre huinca, es nuestra. Ella tiene una mirada que puede ver a través de la tierra y lejos en el cielo, es valiente, ama la música y los animales y ha aprendido con rapidez cuáles son las plantas medicinales.

"Ngenechen me la encomendaste diciéndome, 'Dale su nueva identidad según nuestro mandato sagrado, dale nuestras palabras para que sean suyas'.

Fue allí que le puse el nombre de Lum Hué".

La vieja machi está perdida en sus pensamientos, mientras aplasta en el mortero ají con semilla de cilantro y orégano. Prepara un pedazo de carne para asar cuando escucha un revuelo. La anciana se detiene en lo que está haciendo y se asoma.

"Ya está ocurriendo", dice con voz grave.

Un hombre da la señal de alarma. Los soldados se avecinan.

El recuerdo en el trance

Lum y su madre están bañándose en el río. La niña acaba de escupir un pececito y la madre ríe. Fén se levanta de golpe porque ve llegar al blanco. Éste le hace una señal para que salga del agua y ella obedece.
Lum los mira desde el río. Está en cuclillas para que el agua le llegue hasta el mentón. Hunde un poco la cabeza, sopla y ve que se forman burbujas.
Su madre comienza a levantar la voz. Habla en la lengua de su padre.
Lum no entiende de qué se trata la conversación. Teme que él vuelva a golpearla y eso la hace temblar.
El padre obliga a su madre a que se arrodille frente suyo. Ella lucha con sus brazos e intenta levantarse. Él vuelve a empujarla y ella cae de rodillas. El hombre tiene la cara desencajada. Desenvaina su sable, la agarra de los pelos y con un movimiento diestro le corta la cabeza.
Cuando la suelta, la cabeza cae y rueda por el suelo, como una pelota de trapo hasta llegar a la orilla del río.

Lum lo ve acercarse al agua. Ella está en el medio del cauce. Quieta. Muda. Su padre lava la hoja de acero, sabe que ella lo mira. Luego, mete el sable en su vaina y da media vuelta. Camina hasta donde tenía atado su caballo, monta y se va definitivamente.

Un hilo de sangre se acerca hasta ella desde la otra orilla. Lum se incorpora de golpe. Corre. Toma la cabeza de su madre entre sus manos e intenta unirla al cuerpo, pero se le resbala. Recoge la cabeza nuevamente y empieza a gritar, llorando se abraza a ella y se queda ahí tendida.

La quema

La niebla oculta algo a la distancia. Se escucha un tropel, relinchos de caballos. Suena un cuerno de carnero.
No hay tiempo. Los jinetes caen sobre la toldería avanzando en avalancha. Patas de caballos se entreveran con cacharros, rápido pisotean todo. La gente de los toldos corre inútilmente buscando salvarse del poder de los fusiles. Gritos. Voces metálicas. Polvo. Soldados de frontera ojerosos y sucios se echan sobre los indios como hienas. Manos, brazos abiertos reventando en una nube de fragmentos.
El vigía de la tribu salta sobre uno de los caballos enemigos esgrimiendo su lanza y tumba al soldado que lo monta, dejándolo empalado en el suelo. El triunfo es ínfimo. Las balas escapan en todas direcciones y enseguida una impacta en la espalda del indio.
Una mujer toma una olla de barro llena de grasa hirviendo y se defiende tirándosela a la cara a un oficial. Sus hijos se esconden detrás de ella. Otro soldado le da un tiro en la frente y se encarga de que los niños no sobrevivan a su madre.

Una lanza silba atravesando el viento, pero su trayectoria se pierde en la batalla que está casi ganada.

Hay un indio con una chaqueta azul y un fusil en la mano. Dispara, y hay otro indio muerto.

La machi está parada fuera de su casa haciendo sonar el cultrúm, invoca a los espíritus. Al indio soldado le parece que la machi lo mira, aunque ella tenga la mirada perdida en un punto fijo. El indio está inquieto en medio de la matanza.

Un uniformado le golpea la cabeza con la culata a un viejo. El hombre se dobla, sangre resbala por sus mejillas. El agresor saca el seguro de su arma, aprieta el gatillo. El viejo sigue de rodillas. No hay balas. El soldado llama a otro que está cerca, éste le pasa unos cartuchos y no espera a que su compañero cargue.

Un disparo suena, y otro y otro y otro.

La machi tiene una herida de bala en un costado del torso y se desploma.

A media mañana ya arden los toldos. El fuego proyecta una luz intensa sobre la tierra seca. Bajo esa lumbre se recorta la sombra de una carreta en la que parte el grueso de la tropa, los hombres a caballo, las ovejas y las cautivas.

Entre el resuello de los animales y el golpear de los cascos, un hombre trata con todas sus fuerzas de respirar. Tiene una lanza atravesándole el pecho y las manos hinchadas por el dolor y el veneno. Lleva el uniforme del ejército y su cuerpo se agita en espasmos hasta que deja de moverse.

Hay otros cinco hombres a su alrededor.

El teniente observa la muerte del coronel dando pitadas a un pequeño cigarro. Deus, el fotógrafo, prepara placa tras placa con excitación. Ancatril, sentado, reza. Carranza limpia su fusil sin prestar atención a la escena. Rufino está aburrido.

El teniente apaga el cigarro bajo la punta de su bota:

"Descanse en paz, Ordóñez".

Se inclina sobre el coronel muerto, le cierra los párpados, desabrocha las medallas prendidas a su chaqueta y las prende a la suya.

Carranza mira de reojo al teniente:

"Mierda, cómo pega el sol. En pocas horas este lugar va a apestar más que el matadero y ya es un hervidero de moscas".
Rufino ignora el comentario de Carranza:
"¿Qué vamos a hacer con el cuerpo, teniente?"
"Entiérrelo".
Rufino cava en la parte más blanda del terreno. Hurga entre las ropas de Ordóñez buscándole ese cuchillo con mango de plata y una piedra color granate, grabadas las iniciales J.M.R. El coronel siempre lo andaba ostentando y alardeaba de su valor incalculable, pero el muerto no lo tiene por ninguna parte. Alguien se lo llevó. El mismo cretino que ha olvidado llevarse el reloj de oro que Rufino guarda dentro del forro de su chaqueta.
El fotógrafo recorre el campo buscando a alguien que valga la pena fotografiar. Encuentra a la vieja machi, se detiene y la observa. Le llama la atención que los adornos sobre su pecho parezcan moverse acompasadamente. Aún respira.
El soldado que se llama Carranza se acerca, patea el cuerpo con su bota y desenfunda un cuchillo. El fotógrafo observa con fascinación:
"Espere Carranza, voy a buscar mi equipo".
Deus trae el cajón con su máquina fotográfica. La prepara frente a la escena, coloca una placa y le da indicaciones al soldado:
"Hágalo lentamente porque debo exponerla por algunos segundos".

El sargento se inclina y clava el cuchillo despacio en el pecho de la mujer, lo deja allí y se queda en pose sonriente hasta que el fotógrafo le dice que lo saque.

El indio vestido de azul observa desde unos metros de distancia. Algunas lágrimas se disimulan con el sudor.

El teniente ve el cultrúm, está tirado cerca del cuerpo de la machi.

"Esto merece ser pieza de museo, no es un tambor cualquiera", comenta.

"Si no hubiesen sido tan carniceros", acusa a Deus y a Carranza, hasta la vieja hubiese podido adornar el Museo de Ciencias Naturales y el Perito Moreno habría estado contento".

El teniente toma el tambor, lo sacude para sacar el polvo y lo hace sonar.

"Suena lindo", dice, y se lo lleva.

Lum ve en un sueño que el rehue está en llamas. Unos cuervos grises lo han incendiado con fuego que trajeron en sus picos. Todos en la toldería intentan apagarlo pero nadie logra acercarse a él. Alguna suerte de espíritu maligno lo impide. Niños, ancianos y jóvenes se arrodillan en una ronda alrededor del tótem que se está quemando. Los más pequeños lloran. De pronto, uno de los cuervos crece. Se transforma en una yegua flaca que galopa arrastrando un cadáver. Lum necesita verle la cara pero no alcanza y despierta.

Abre los ojos. Siente que algo le roza sobre la paja, ha vuelto en sí. Trata de salir de su sueño y ve tordos que revolotean sobre su cabeza. Intenta espantarlos, pero está débil y mareada. Gira sobre sí misma y vomita.

Después, se limpia la boca con la palma de la mano. Se levanta tambaleante, dolorida, y mira su cuerpo raspado. La paja está pegada en la piel fresca.

Lum bebe un trago de chicha de una vasija, aún en estado febril y toma el camino de vuelta a la toldería.

Ella piensa que una vez que regrese y cuente el resultado de su viaje iniciático, va a poder curar enfermos y guiar a los muertos. Se volverá indispensable y toda la gente que la vio rara, finalmente va a aceptarla. Ella demostrará lo que puede hacer y aunque le cueste un gran esfuerzo, piensa que lo va a lograr. Es cuestión de tiempo.

Camina despacio. Ve un huevo de avestruz que resalta en el verde. Lum se acerca y apenas lo agarra se da cuenta de que está cuarteado como la tierra seca. Se le rompe entre los dedos.

Los soldados han hecho un fogón.

"Carranza, vaya con Ancatril a carnear una yegua para comer."

"¿Por qué tengo que ir yo con ése?", replica el soldado.

Ancatril mira al teniente dando a entender que tampoco le gusta la compañía de Carranza.

"Hasta esto tengo que escuchar. ¡Rufino, ayude a Ancatril a carnear una yegua así comemos de una vez!"

Rufino y Ancatril enlazan un animal y lo atan a un árbol.

Lo amarran por las patas y una vez que lo dominan, lo tumban al suelo.

Con el cuchillo Ancatril le hace un tajo profundo en el vientre donde pasan las arterias, un chorro de sangre sale a borbotones. La yegua relincha y se da vuelta para morderlo. Entonces Rufino le sujeta la cabeza mientras el indio le ata la mandíbula con un lazo.

Ancatril aprieta con sus manos la herida para apurar el sangrado y que el animal muera más rápido.

Después viene el trabajo meticuloso de despellejarla y trozarla. Cuando terminan la faena, van al pozo de agua y se lavan.

Ancatril dice que hay que esperar un rato para que la carne esté tierna, pero Rufino lo apura.

El indio sala los trozos, los mete en una olla con agua y los hierve al fuego para hacer el puchero. Corta la carne y murmura:

"¡Oh,! chachai, vita uentru, reyne mapo,
frenean votrey, fille, enteu, come que hiloto, come que ptoco, come que amaotu.
Pavre laga inche, ¿Hito to elaemy? Tefa quinie vusa hilo, hiloto tu fiñay". (1)

Los hombres se sientan alrededor del brasero, miran el fuego como parte del silencio y comen. Mastican. Sorben la grasa. Desmedran el tuétano.

Después se quedan tumbados, ahítos, sacándose la carne que les ha quedado entre los dientes.

(1) ¡Oh!, Padre/ grande hombre rey de esta tierra/ dame la gracia, querido amigo, todos los días/ de buen sustento, de buen agua y de buen sueño. / Yo soy pobre/ ¿Tienes hambre?/ Toma una pobre comida/come si quieres.

Ancatril se levanta para traer el mate, la mula lo espera cabeceando y él le palmea las ancas. Desata una bolsa de cuero llena de agua que la mula lleva cargada.
Los animales abrevan en un charco y los hombres también beben. El sol pega fuerte, aunque a lo lejos nubes de plomo se distinguen en el camino y el horizonte parece una cuerda tendida sobre el llano. Deus mide a zancadas el terreno y dibuja con lápiz sobre un plano.
El olor de los cuerpos quemados se mezcla con el olor del puchero.
El cardal se mueve con el viento que trae el norte. Los cuerpos puestos unos sobre otros forman pircas y tordos sin plumas picotean entre los huecos de un cuello o de un brazo caído. Las brasas crepitan. Una sabandija de las cortaderas se escabulle entre el matorral y el aire es cada vez más espeso.
Rufino hace gala de valiente y cuenta:
"Estábamos preparados, con los fusiles listos esperando el ataque. Los indios habían subido a la loma desde donde podían vernos bien. Se encontraron un pelotón a caballo que los esperaba sin hacer fuego todavía. Nos quedamos inmóviles, atentos a los salvajes que amagaban por un

lado y por otro. Avanzaban a pie. Teníamos órdenes de no disparar hasta que fuera seguro el tiro. Los dejamos seguir hasta unos cincuenta pasos de donde estábamos, entonces descargamos nuestra artillería.

Los que avanzaban a pie retrocedieron procurando cubrirse entre ñires y espinillos. Los de a caballo rápidamente quemaron el campo, mientras las llamas crecían empujadas por el viento a favor y nos vimos obligados a cambiar de posición.

El fuego llegó a abrasar la cara y el cuerpo de algunos de los nuestros. Los indios aprovecharon para cargar de nuevo con las boleadoras. Sufrimos bajas. No voy a olvidar a un soldado que recibió la bola en el cráneo y cayó muerto como por un rayo. Me acuerdo que agarré el puñal con furia, y ahí nomás atrapé a uno y le busqué el corazón. El salvaje me miró con frío en las entrañas, era el capitanejo. No dudé, lo ensarté con la hoja y en ese momento una columna con refuerzos del fortín se entreveró en la batalla. Nuestros huracanes de acero los persiguieron, los acosaron y los sablearon. Sólo algunos huyeron".

"Se está poniendo feo", dice Ancatril. "Es hora de irse".

El escuadrón avanza dejando atrás lo que era la toldería. Se dirigen hacia el oeste.

Tres caldenes centenarios sobreviven al fuego.

Lum levanta la cabeza, olfatea, hay un olor que le da náuseas. Mira al cielo y todo da vueltas a su alrededor.

Habla consigo misma diciendo cosas indescifrables. Da un paso y sigue dando un paso después del otro en zigzag hasta llegar al pie de lo que era la toldería. Ese campo que ahora está cubierto por una cáscara negra.

Lum camina entre los despojos de la masacre, se refriega los ojos.

"Ngenechen, ¿eres el que pones éstas imágenes delante de mis ojos? ¿Aún estoy soñando?"

Le parece reconocer algunos rostros entre los cuerpos y un poco más adelante alcanza a ver el poncho de la machi. Al principio Lum se paraliza y cuando reacciona grita. Corre hasta llegar al lado de su maestra, se abraza a su cuerpo y llora.

Queda allí tendida sin fuerzas un rato largo. Con su cara apoyada en la mejilla de la machi se da cuenta de que hay algo que debe hacer.

Se pone de pie y dice:

"Yo soy machi ahora, debo cumplir con el rito, debo guiar a los espíritus de los muertos. El cultrúm…"

Lum busca el tambor por todos lados pero no está allí.

Vencida, cae de rodillas con las manos en el suelo. La mirada perdida en la muerte. Se llena las manos de cenizas y se frota la cara para teñirse de gris. Es lo que hacen los chamanes para adquirir el resplandor de los espectros, para ser uno de ellos.

Diario de marcha, 25 de mayo, 1879

Recién empezamos el camino. Más de cien leguas nos separan de nuestra gran ciudad, Buenos Aires. Terminamos victoriosos. Reunimos un botín de cien indios y quinientos animales rescatados y también doce cautivas. El fusil rémington o "mataindios" como lo llaman los salvajes, es realmente un milagro de la mecánica. Gracias a él, pudimos tomar la toldería casi sin pérdidas ni mucho esfuerzo. Creo que es posible afirmar con confianza que la campaña del desierto está ganada.
Por precaución nos dividimos en tres grupos. El primero partió antes para asegurar la vanguardia; el grueso de la tropa salió luego con las cautivas, los prisioneros y animales. El nuestro, un puñado de hombres, parte ahora para cubrir la retaguardia. Estaremos llegando al fortín unas horas después que la tropa comandada por el Teniente Sanabria.
La pampa fue conquistada. El General podrá dormir tranquilo.

Tte. Marcial Obligado

Lum escucha un galope cerca de ella. Una yegua está dando vueltas temerosa del humo que aún se desprende de los toldos quemados. Ella chista y la yegua viene. La joven machi camina despacio hasta el animal y le acaricia el lomo.
Tu alma es vigorosa y yo tendré valor para seguir si te tengo conmigo. Te voy a convidar un trago de mi chicha, para que seamos fuertes.
Lum le da de beber acercando su cuero a la boca de la yegua. Luego la monta a pelo, mira por última vez la toldería quemada y parte.

En el camino

"¿Cuántas leguas tenemos hasta llegar al fortín?"
"Hay que bordear el Río Colorado", dice Ancatril.
Deus controla su brújula y confirma que van en la dirección justa.
Se levanta viento frío sobre la resolana que reverbera entre las cortaderas.
Los hombres ven un bulto a lo lejos, un péndulo en medio de un remolino color azul y hueso.
Hay un indio ahorcado. Su porte orgulloso fue reducido a una mueca absurda, pero su expresión sigue siendo desafiante.
Rufino dice:
"Éste tiene que haberse colgado antes que lleguemos".
Los demás lo pasan en silencio.
El sargento Carranza se quedó incómodo. Se acaricia el cuello. Detiene su caballo y no se mueve.
Dice en voz baja:
"Era noviembre o diciembre..."
"¿Qué cosa?"

"Me acuerdo de cuando vino el malón, ese ahorcado me hizo acordar. Las cañas chasqueaban en el estero. Se escuchaban sus alaridos. Los indios llevaban sonajas atadas a los tobillos, pezuñas, semillas, huesos, dientes de animales que hacían sonar y se acercaban. No había huellas pero igual me encontraron.
Antes del ataque los indios me envenenaron los perros. Tenían espasmos y no podían caminar. No podía llevarlos y tampoco dejarlos. Tuve que matarlos. Corrí y corrí, el barro era resbaladizo, no tenía dónde esconderme, no había nada más que la luna y una turba de indios. Sombras que huían. Busqué un escondite entre las cañas y me adentré en el pajonal. Las garrapatas se me subieron por las piernas, pensé que iba a morir de dolor. Ya vienen, me alcanzan, me van a pasar a cuchillo.
"¿Se siente bien Carranza?", pregunta Rufino.
"Tome un trago, el malón no va a venir".
"No son hombres, son...", divaga Carranza.
El teniente da la orden de apresurar la marcha.

Frontera del Puán, 1876

Es domingo y Ancatril camina cargando un saco sobre el hombro. Va a hacer trueque en el puesto de frontera.
Cuando llega descarga los ponchos que va a cambiar. Un hombre blanco viene y le ofrece un metro de tela.
Ancatril le dice que uno de sus ponchos vale más que ese retazo. El hombre blanco le refuta, agarra uno de los ponchos, le dice que está mal hecho y se lo tira con desprecio.
En ese momento un par de soldados se acerca y rodea a Ancatril. Llevan chaquetas descoloridas con charreteras. Antes de que Ancatril tenga tiempo de entender qué está pasando, lo sujetan de los brazos, lo obligan a caminar. Lo llevan a punta de bayoneta. El indio quiere zafarse y le dicen que no se resista y que camine rápido.
El hombre blanco que venía a hacer trueque se apura a juntar los ponchos que quedaron desparramados.
Antes de empujarlo para que suba a una carreta, le vendan los ojos con un pañuelo. Luego lo hacen subir junto a otros indios jóvenes.

La carreta tirada por cuatro caballos parte rápidamente. Los dos hombres blancos van con ellos apuntándoles con sus fusiles y sus voces retumban en los oídos de Ancatril. Repiten la palabra zanja.

Los hombres bordean una loma, pastos secos, espinas y cortaderas.
Detrás del bosque el sol se está poniendo.
"Teniente, voy a tomar una vista", dice Deus.
Hacen un alto. Deus y Ancatril bajan de la mula el cajón con el equipo fotográfico y lo asientan. Deus se quita la chaqueta, se arremanga y con un pañuelo se limpia las manos, saca el trípode, lo despliega y monta la máquina fotográfica.
"Por primera vez un bicho de tres patas habita el desierto", dice Deus.
En el cajón hay unas botellas color sepia con rótulos y una caja donde se guardan las placas húmedas. Deus baña una de ellas en una emulsión. Aspira el vapor invisible y sin peso del éter. Mira por el ojo de vidrio, los árboles se levantan a más de quince metros, son de un brillo argentado los canelos del bosque.
"El desierto habla", dice Deus.
No puede capturar ese momento porque sólo va a revelarse polvo y luz y necesita la densidad de

los cuerpos, la opacidad, para componer una imagen.

"Voy a retratarlos, júntense", dice entonces.

Rufino baja de su caballo y se acerca a la máquina.

"¿Puedo tocarla?"

"No, no puede", responde el fotógrafo.

"No se muevan", dice Deus, y hunde la cabeza bajo el paño. Dispara. Al indio le corre un escalofrío por el cuerpo.

Nadie se mueve, el diafragma se cierra. Deus desenrosca la cámara, la lleva junto al cajón y se oculta bajo el trapo negro. Cae el líquido, trepidan las latas, se escuchan las trabas.

El fotógrafo vuelve a aparecer con la cara enrojecida, lleva el paño negro como capa.

"Queremos vernos", dice el teniente.

"Son más de las seis". Rufino no sabe leer la hora, pero saca de su bolsillo el reloj de Ordoñez que está detenido. Lo sacude y se lo lleva al oído, después lo guarda.

"Quiero fumar", dice.

El teniente le tira el atado de tabaco.

"Haga un cigarrillo para cada uno".

El soldado arma los cigarrillos, los dedos moviéndose solos, el papel cruje al liar. Los hombres fuman y sueltan el humo.

"Vamos, nos estamos demorando mucho", dice el teniente.

Ancatril se queda con los animales y los otros se adelantan a buscar un lugar donde pasar la noche. Cargan al hombro bolsas y alforjas adentrándose en el bosque.
El cielo aploma, pero no quiere llover.

Los hombres avanzan, cruzan un terreno pantanoso. Empapados en sudor, los caballos resoplan, desentierran sus patas con esfuerzo. El ruido de los herrajes y los cascos se hunde en el barro. Los animales parecen darse bríos cuando se afirma la tierra. Las voces zumban en el vacío del desierto despoblado. Algunas ratas chillan ocultas en sus huecos.

Arman un campamento en un bosque de caldenes. Es de tarde. El indio viene con los animales y los ata a un árbol.
El teniente se queja de los mosquitos.
"Indio, prendé un fuego que nos comen los bichos acá".
"Estamos muy encerrados por los árboles mi teniente, no es sabio hacer fuego aquí, hace mucho que no llueve. Podemos avanzar unas leguas más y llegaremos a una laguna".

"No me vas a enseñar cómo levantar un campamento. Hacé lo que te digo".

Ancatril no esconde su preocupación, pero obedece.

Ramas secas abundan por todas partes y los hombres arman la fogata en poco tiempo.

Ancatril mira a su alrededor y dice algunas oraciones. Carranza lo imita burlón, el indio calla y va a buscar la olla para cocinar.

Sopla un poco de viento. Las chispas revolotean. A un metro de distancia un arbusto prende fuego. Ancatril corre a apagarlo, pero en un segundo otro arbusto prende también.

En algunos minutos están rodeados por una columna de llamas.

Los hombres se apuran a juntar las cosas que pueden. Deus carga su equipo fotográfico, monta y se aleja antes de que los demás alcancen a reaccionar.

Lo sigue Carranza y el resto porque es inútil seguir intentando apagar las llamas.

Los hombres cabalgan en la dirección contraria al viento buscando alejarse del incendio y salir del bosque. Encuentran un claro y se detienen a tomar aire a pocos metros del fuego.

"Es mejor seguir", dice Ancatril.

El teniente lo mira con hartazgo:

"No aprendés cuál es tu lugar".

El indio esconde la mirada.

El teniente da la orden y siguen avanzando.

Zanja de Alsina, 1876

Al puesto de Sauce Seco un día llegaron algunos indios del Puán. Ancatril estaba entre ellos. No sabía leer ni escribir, pero entendía bien el castellano y tradujo a los otros en qué consistía el trabajo. No les faltaría cuartel ni alimento.
Los indios fueron obligados a firmar con una cruz al final de un papel en blanco. Se pusieron las ropas de lana azul, las botas de cuero de potro y el quepis, y pico y pala bajo el sol. Manos a la obra. Un escribano leyó el certificado de enrolamiento.
Decenas de ojos parpadean en la penumbra. El ruido ensordece. Y abajo el tiempo está marcado por los que desde arriba dan órdenes. Las tardes frías el viento es tan violento que asfixia a los débiles y los excavadores buscan entrar en calor amontonándose. Son como aquellos personajes de una antigua historia que emprendieron una travesía sabiendo que sería casi imposible volver de ella con vida. De noche, todavía escuchan que están escarbando y sueñan que ese pozo húmedo y ominoso cercano al corazón de la tierra se transforma en una suerte de

serpiente que asciende desde la oscuridad mientras ellos duermen. Devora a los hombres, vomita un fuego que no se apaga y pone huevos en la sangre. Tendida sobre la llanura se alarga hasta perderse de vista, y cuando los hombres despiertan de esa pesadilla, no saben dónde se encuentran. Tienen que volver a la zanja. Algunos no se levantan, se quedan tiesos, sedientos, se abandonan y mueren horadando el socavón. Envenenados por la disentería o el tifus, caen, comen polvo y se los sepulta en seguida. Pico y pala aquella mañana de lluvia. La zanja estaba inundándose. Los hombres embarrados desde el sombrero hasta las botas trepaban unos sobre otros para salir de ese agujero.

Las hormigas emergen a la luz, los hombres se quedan ciegos y los brazos les pesan como barras de hierro. Los más vigorosos no se hunden en el lodo y continúan cargando baldes con arcilla necesaria para empezar a revocar la muralla. El agua agrieta las paredes, se desgajan y el barro cae en cascadas desde unos seis o siete metros de altura.

"El paredón va a venirse abajo", vociferan arriba.

Ancatril resiste.

La masa de agua golpea su espalda y él permanece encorvado. Toneladas de tierra se derrumban con un rugido y enseguida es la noche.

Fue el teniente quien dio la orden de que lo sacaran. El muchacho había demostrado ser fuerte a pesar de que una tonelada de tierra le había caído encima. Una vez arriba le tiraron un balde de agua. Había quedado ciego por un día y medio. El teniente no olvida la expresión del indio cubierto de ese líquido negro y espeso parpadeando y masticando un pan que le habían dado para que se le fuera el susto.

Después de haberse destacado en batalla, el teniente recibió su cargo. Le habían asignado un soldado raso para su compañía y eligió al indio Ancatril porque había visto su valentía y hablaba bien el castellano. Era un buen lenguaraz. Siempre le sirvió y más de una vez el indio le dio las gracias por no haberlo dejado sepultado en la zanja.

El teniente sofocado se agarra a la rama de un árbol. Cierra los ojos, ve manchas que se mueven en la oscuridad, se encienden y apagan. La luz intermitente del faro sobre la superficie del mar. El teniente escucha el viento que aúlla y el silbato de un barco que pasa. Él está quieto y parece que el muelle avanza. El teniente es un niño, juega con Hueñi a patear el tarro. De noche viene el abuelo indio, tiene el caminar de un buey y los llama. Empieza a llover, corren calle abajo, su padre abre la puerta y lo abraza.
El teniente quisiera tener cerca a su padre muerto, está solo. También estuvo solo al terminar el Liceo y en la fiesta de graduación. Los corredores fríos iluminados por las arañas.
"Amigo, te felicito", le dijo un muchacho indio que estaba a la entrada, era Hueñi. El teniente no vaciló, no pudo saludarlo y bajó la escalera apurado agarrándose de la baranda. La madera lisa como la de los caldenes de la Araucanía.

Desde que dejó el lugar donde estaba la toldería Lum no está tranquila. No puede dejar de mirar hacia atrás a cada rato, por encima de su hombro. Un pensamiento la persigue y no le da respiro. El ojo del desierto la vigila.

A veces las manos le tiemblan entonces entrelaza sus dedos entre las crines de su yegua y se agarra fuerte pretendiendo darse seguridad.

A pocos quilómetros del bosque, Lum ve un incendio que se va apagando.

El humo ensombrece el horizonte y cuando la joven machi cabalga hacia el fuego una nube espesa vela la tarde dejando un vacío.

Los caldenes son esqueletos negros entre los que ella y el animal se pierden de vista.

MUERTE

En el ojo de mar

Cae la noche, los hombres llegan hasta la laguna. Están cansados. El bosque de caldenes en llamas quedó atrás.
Ancatril se quita las botas. La tierra permanece caliente y camina descalzo llevando de las bridas a su caballo. Mete los pies en el agua helada, pero no toma porque es salada.
El indio se lava el cuello y la cara.
La laguna tiene aguas profundas, ligeramente rosadas, lamen sin cesar la orilla formando una costra; flores de sal resplandecen entre cortaderas, ortigas y cuernos del diablo.
Ancatril no conoce el mar, pero le contaron de la espuma blanca que queda en la orilla cuando el agua se retira.
En esa quietud la superficie refleja otra laguna. Un espejismo recóndito donde se agitan las ramas de unas débiles acacias. Médanos azulados y humo que se levanta de una pila de muertos que podría estar aquí o en cualquier otra parte del desierto.

Una familia de guanacos corre hasta perderse en la hondonada. Los persigue un puma. El viento chilla sobre sus cabezas.

Se dice que en este sitio los animales y los hombres pueden morir de pasmo. Los caballos están quietos y piafan.
La flecha de la brújula da vueltas misteriosamente. Deus la contempla fastidiado.
Los caballos abrevan y pacen, tascando los brotes que encuentran entre los cardos.
El teniente tiene la cara cansada, la boca seca, con la luz que refleja la laguna sus arrugas parecen aún más profundas. Deus está cerca de él.
El teniente dice:
"¿Sabe cómo empezó la guerra, Deus? La guerra comenzó por el ganado y por el miedo a que venga el malón, a que lo maten sin que usted haya matado a nadie. Es por eso que nos volvimos más patriotas. Nos armamos de caballos y fusiles. Por eso mismo es que dejamos nuestras casas para venir a un lugar como este. No hay gloria, Deus, ir a la guerra es peor que cuidar los chanchos".
"Usted está diciendo que al malón lo llevamos adentro, que actuamos por nuestros miedos?" El teniente escupe flema. "¿Tiene un trago?"

"No, teniente, no sobró nada después de ese infortunio, sólo pensé en salvar mi equipo, discúlpeme. A lo mejor al salvaje le queda uno".
"Pídale que traiga caña".
Deus le ordena al indio que traiga la petaca. Ancatril se apresura a buscar en la alforja y se la entrega al teniente. Éste toma un trago.
El fotógrafo está sentado sobre su montura. Las manos entrelazadas, los brazos de los dos hombres se rozan. Los ojos negros del teniente evocan la guerra. El tiempo perdido. El destierro.
El sufrimiento en ellos es mucho más profundo que cualquier abismo al que Deus se haya asomado.
"Yo creo que el malón nunca se rinde teniente, los salvajes dominan el desierto".
"Quizás".
El teniente toma el cultrúm y lo observa detenidamente, pasa su mano áspera por los dibujos.
Hicieron un buen trabajo estos indios.
El teniente lo hace sonar tratando de entender algo.

Carranza lleva veinte años en el frente. Hace algún tiempo sufre de insomnio y a veces se mantiene despierto por temor a esas visiones inquietantes que lo visitan cada vez con mayor frecuencia.

Esta vez deja su caballo y se recuesta con la espalda apoyada en una piedra grande. Se acomoda y se queda dormido, con el cuerpo doblado, la cabeza inclinada y la pistola en la mano. Unos minutos después unos pasos lo arrancan del sueño. El soldado se levanta repentinamente, agarra a su enemigo por los pelos y le pone el cañón en la garganta.

"Suélteme, soy yo", exclama Ancatril.

Carranza lo reconoce, y enfunda de nuevo la pistola. El sol está ocultándose y los caballos dormidos de pie aparentan gigantes inmóviles contemplando el corazón del desierto.

"El malón... ¿Están todos muertos?", pregunta Carranza.

"Sí", dice el indio.

Carranza respira aliviado.

Ancatril no sabe qué decir e improvisa:

"Usted fue fiel, sargento, siempre cumplió con su gente".

Carranza vuelve a sacar el arma, se ajusta el quepis, se cuadra.

Caminan uno junto al otro de vuelta hacia el fogón.
Deus ve que Ancatril se ha unido a Carranza. Están de espaldas a unos cincuenta metros y la laguna de fondo. El fotógrafo contempla el espesor de la luz en los cuerpos grises. La realidad tiene una nitidez deslumbrante y cree escuchar que el diafragma se cierra, pero su retina no alcanza a capturar la imagen.
Carranza descalzo y sin la chaqueta, con el pantalón arremangado mete los pies en el agua.
"Me voy a dar un chapuzón", dice.
"No vaya a irse a lo hondo, sargento", le aconseja Ancatril. Dicen que en esta laguna a veces se forma un embudo, un remolino en el agua que chupa a los hombres. Aunque nade rápido la corriente se lo lleva hasta lo hondo y se lo traga.
"No le tengo miedo al agua", dice Carranza y se aleja caminando por la orilla con el gorro en la mano.
El sargento Carranza chapotea en el agua. A medida que deja de escuchar las voces que vienen de afuera, se tranquiliza. Se detiene en un recodo, descansa, como si el mundo hubiera sido siempre un lugar agradable para habitarlo.

El agua tiene el cuerpo parecido al de la clara de huevo.

Lum llega hasta el otro lado de la laguna y descubre el campamento de los hombres.
"No deben verme".
Desmonta y ata su yegua a un árbol. Agazapada, camina silenciosamente, bordeando la laguna. Cuando llega a la mitad de distancia entre ellos y su yegua, se detiene y los observa.
En eso escucha un sonido que le acelera el corazón. Levanta la cabeza para ubicar de dónde viene y ve al teniente tocando con torpeza el cultrún.
A Lum los ojos se le llenan de furia.
"Ngenechen, dame fuerzas, no tengo pueblo ni familia, sólo esta yegua que me has entregado y la tierra que me da de comer. No tengo motivo para estar en este mundo, todo me lo han quitado Ngenechen. Fueron esos hombres, los huincas traídos por el gualicho. Y hay que tenerle miedo al gualicho, me dijo mi madre, el gualicho está en todos lados. Es una enfermedad, una calamidad, está en la laguna que tiene aguas malas, el gualicho se me metió en las vísceras".
Lum tiene una navaja en su cintura, la agarra con su mano derecha y se arrastra hasta el agua.

El teniente se retrae. La luz cae en el espejo de agua y lo encandila. Sólo ve una figura renegrida y la laguna se la traga.

Carranza orina y una corriente tibia se balancea alrededor suyo hasta diluirse. Contempla el paisaje. Durante todo el viaje no ha visto tanta agua y arena juntas. Se pone de pie con dificultad, se interna en la laguna y nada. Vuelve la cabeza con cada brazada, hace setenta brazadas y regresa hasta hacer pie. Traga saliva y sopla para deshacerse de ese ruido agudo en su cabeza pero los oídos no se le destapan. Carranza, boca arriba, hace la plancha tendido mirando con calma las nubes que cruzan. Girones de nubes rojas permanecen quietas flotando en una calma borrosa sin viento, y no puede distinguir si la laguna es gris y el cielo es rosado o a la inversa. Vuelve la cabeza hacia la orilla, la arena retrocede hasta que se desvanece. Su cuerpo queda a la deriva como un palo que flota, un durmiente.

Lum recibe el agua en su cuerpo y al sumergirse nada. Debe hacer lo que se ha propuesto, liberarse de eso que le oprime la mente. Se mantiene a flote sujetándose de unas raíces y el abrigo uterino de la laguna termina por serenarla.

Lum bracea desde lo profundo. Se mueve lentamente aguantando la respiración. Ve la silueta del hombre que flota sobre su cabeza y se acerca como un predador a la altura de su espalda. Tira de las ropas de Carranza, lo sujeta de la cintura con sus piernas, lo atenaza, clava con firmeza la navaja y vuelve a clavarla una y otra vez entre las costillas. El grito del hombre se apaga debajo del agua. Carranza no puede desprenderse de esas piernas, pero trata de soltarse hasta que su cuerpo se afloja y deja de respirar.

La rabia de Lum termina por aplacarse. Un flujo de sentimientos extraños se apoderan de ella al ver la sangre manar.

Mira el cadáver flotando. Le resulta ajeno aunque haya sido ella quien lo mató.

El teniente llama a Carranza. La noche es densa y no hay luna. La lumbre no llega a iluminar mucho más allá de donde ellos están.

"¿Alguien vio a Carranza?", pregunta.
Ante la negativa de sus hombres el teniente se preocupa.
"Éste es capaz de haberse ahogado", afirma.
Rufino suelta una risita.
"Esto no es broma, búsquenlo", ordena el teniente.
Deus, Rufino y el indio llevan antorchas y se adentran un poco en el agua para iluminar. Todos llaman a Carranza.
"No se ve nada, teniente", grita Deus.
"Usted disculpe, pero hasta que no salga el sol no sirve buscarlo", dice el indio.
El teniente gruñe.
"Si está vivo, Carranza sabrá volver. Todos a dormir".
Los hombres vuelven aliviados. A nadie entusiasma la búsqueda de alguien perdido en la oscuridad de esa laguna.

Lum nada empujando el cadáver hasta la orilla contraria al campamento. Allí toma una cuerda de su morral. Después busca una piedra pesada, la carga con dificultad hasta donde está el muerto y se la ata a las piernas. Los músculos le tiemblan y los dientes le castañetean. En un momento Lum ve todo blanco, está a punto de desvanecerse, se sienta por un momento y respira hondo y se le pasa.

El cadáver de Carranza tiene la boca abierta, parece que estuviera gritando y la joven machi no quiere mirarlo.

Lum vuelve a arrastrar el cuerpo dentro del agua. Se sumerge y lo lleva hasta lo más profundo que puede llegar.

El teniente fue el único que no pegó un ojo. La desaparición de Carranza lo dejó impaciente.

Apenas asoma el alba despierta a sus hombres y empieza la búsqueda.

Deus concluye:

"Si se hubiese ahogado lo veríamos flotar".

Desertó el muy cobarde, dice Rufino.

El teniente observa la orilla con sospecha.

"Recorran el ancho de la laguna, busquen algún rastro", ordena.

Rufino y el indio van hacia la izquierda, el teniente y Deus hacia la derecha.

Media hora después se encuentran del otro lado.

"Nada, teniente", indica Rufino.

Todos guardan silencio.

Ancatril afirma:

"La laguna se lo tragó".

"No sea supersticioso", le dice Deus.
"Aj", exclama el teniente.
"Esto es una mierda", protesta Rufino.
Los demás se miran. Nadie sabe qué decir.
El teniente es el primero en emprender la marcha.
"Tenemos que seguir adelante para llegar al fortín. Si Carranza desertó haremos la denuncia. Si se murió, mejor para él".
Hay incertidumbre y algo de temor en la mirada de los hombres.

Los caballos avanzan con el viento en contra. Sus cascos marcan el ritmo de una guadaña que siega dejando a su paso surcos en la tierra aplanada.
No lejos de ahí descansa el esqueleto de una acacia con sus espinas de cinco puntas que adornan la vista y un cactus lleno de agua vive tan verde como las enredaderas de los humedales. Su tallo se alza un metro y medio sobre un banco de arena. Ha dado una flor de estambres blancos, veteada de púrpura hacia el centro.

Lum sigue a los cuatro hombres desde una distancia prudente para no perderlos de vista.
Ha reconocido cuál es el que manda y también vio a un indio entre ellos.
Ella está sola y eso parece hacer inútil su empeño. Se pregunta por qué se ha impuesto ese trabajo, si podría irse lejos con su yegua. Tiene la oreja pegada al cuello del animal. Escucha su corazón. Los latidos son los mismos que los suyos.
"Tuve que hacerlo, fue un sacrificio Ngenechen", murmura.

Mientras galopa ve árboles enormes, son los seres más viejos que existen. Le infunden respeto. Se parecen a los ancianos que vivían en su tribu. No lleva con ella más que un morral y un cuero para taparse. Casi no tiene comida, sólo algunas galletas y una bolsa con agua fresca. Su yegua es su única compañía.

En la laguna Ojo de Mar un puma arrastra su presa. Lleva un guanaco apretado del cogote, tironea de la carne y en el silencio se escucha cómo tritura los cartílagos con las muelas.

Postas

Deus asienta el teodolito. Lo hace rotar sobre sus limbos, anota las mediciones en una carta topográfica y determina el punto más elevado del terreno. Toma las coordenadas y marca el mapa con una cruz. Clava una estaca en el suelo señalando el paso del ejército en su marcha a través del desierto. El lugar donde construirán el mojón.
"Lo que va a valer esta tierra cuando alambren", dice Deus.
"¿Sabe Rufino que hace ya más de treinta años que se alambró la primera estancia?"
El soldado niega con la cabeza con poco interés.
"Fue en el cuarenta y cinco, creo, porque se trajeron los alambres de Inglaterra. Ahora es un método extendido que favorece a la vida rural y el orden en este país acosado por la barbarie. Los estancieros más progresistas han implementado el alambre antes que la plantación de espinos o la ubicación de mojones. La transformación de las pampas será lenta, pero así se podrá reproducir más rápidamente el ganado y entrarán divisas y el país crecerá".

"No hay desperdicio al alambrar, es una inversión necesaria", sentencia el fotógrafo.
"Estos indios no supieron administrar la tierra ni sacarle provecho", agrega.
Rufino rasca la arena con los pies como lo hacen las gallinas. Se siente el fragor del viento rojo. Los árboles se mueven y parecen conjurar alrededor de ese círculo arenoso.
"Mire, Deus, aquí hay huellas", dice Rufino.
Pero Deus no lo escucha, está haciendo un dibujo a mano alzada y tomando apuntes del lugar en su cuaderno.
"Qué bien se come en el desierto", dice Rufino. Se pasea inclinado hacia atrás, la camisa desprendida y la panza abultada. Silba y se mete entre los árboles. Sus pisadas hacen crujir los pastos, mientras orina entona con orgullo, "oh juremos con gloria morir".
Se escucha la voz del teniente:
"Rufino, deje de haraganear y póngase a trabajar".
En el punto calculado por Deus, Rufino y el indio deben reunir piedras grandes para construir el mojón y marcar la tierra conquistada.
Rufino sin ganas se pone a buscar rocas. Sabe que deben ser más bien planas, encuentra una, la lleva arrastrando con los pies dejando marcas como las de un arado. Pisa un charco, resbala pero consigue recuperar el equilibrio. Habla para sí mismo:

"Si salgo de ésta, no pienso volver a ensuciarme las manos".

Deja caer una piedra, resopla, se seca la frente con la manga.

Apilarlas, cavar un hoyo, dar sepultura a cuántos traidores desde que me enrolaron, ya me merezco un ascenso.

No se oyen voces.

"Pusimos el mojón, teniente", dice el indio.

Los soldados tienen ojeras. Rufino se arranca un pedazo de uña machucada, Deus se sacude la tierra del pantalón.

El mojón parece firme aunque está un poco inclinado.

"Te quedó torcido", dice Rufino a Ancatril.

¿Qué es eso que se ve allá?, pregunta Deus.

"Son huesos", dice Rufino.

Una luz verde marca el contorno de las dunas.

"¿Se acuerda de esa vez que fuimos al matadero a comprar carne?", dice Deus.

"Sí, lo tengo muy presente. Estaba lleno de moscardones. Olor a carne podrida, a animal muerto. Un trabajador tenía la cara manchada de erisipela y cortaba la carne sudando por la fiebre".

El fotógrafo vuelve a sentirse impresionado y sucio.

"En el matadero era fácil contraer enfermedades y a Deus le dio el impulso de irse lo antes posible de ese lugar y lavarse bien con jabón".

Lum los rodea una y otra vez desde lejos con su yegua. Está buscando descubrir el modo de acercarse a los soldados.

Fue fácil limpiar los rastros en la laguna, ahora tiene que ser más astuta. Los próximos pasos debe darlos con cautela.

Lum tiembla de frío, necesita el calor del fuego, si bien sabe que no puede dejar señales o permitir que vean el humo. Ella conoce el terreno y se dirige a una cueva que está cerca.

Al llegar desmonta y junta unas ramas. Se adentra en esa suerte de madriguera. Nunca le había tenido miedo a la oscuridad, sin embargo ahora sí. Quizás fuera porque antes siempre estuvo acompañada por su madre o la machi.

Raspa dos piedras, las chispas saltan. Lum agrega hojas secas, una llama empieza a arder y ella se queda mirándola.

Un estallido de luz blanca.

Lum recuerda cuando trabajaba con su madre haciendo cacharros de arcilla.

Ve que un poco más adentro de la cueva, hay un cóndor muerto. Lo levanta. Hace un pozo con las manos y mientras lo entierra, se acuerda de que la madre le decía que cuando uno entierra un ave ésta va a renacer.

La atormentan espíritus que buscan venganza y siendo machi se siente indefensa e inútil sin el cultrúm.

Lum sabe que esos soldados pueden cercarla y todo terminaría muy mal. Un puño le oprime el corazón.

Sólo tengo los muertos que vienen conmigo.

El silencio tiene el valor de una fruta amarga, aunque Lum piense que para los habitantes del desierto ésta es una tierra que no acabará nunca. Una montaña es una montaña y un río es un río. Uno sube hacia la izquierda o hacia la derecha, se desliza por entre los cardos y llega de vuelta a casa.

El insomnio la asalta y Lum yace en lo profundo de la cueva, escucha latir sus venas. Tiene la certeza de que las cosas ansiadas aguardan a que la gente esté preparada y en la hora precisa todo llega, aunque los pensamientos se agolpan en ella y a sus pies se abre un abismo, y la siguen capas y capas de niebla.

Tal vez no sea más que la luz junto con el calor de la llama que hace que uno despierte, como un brote que está a la espera y no se abre hasta que debe hacerlo. Por eso la machi le ha dado esos secretos.

Si los leños se colocan como deben ser, el fuego encenderá solo.

Lum se incorpora despacio, hace sonar sus dedos y empieza a sentir la fuerza de la tierra penetrando en sus entrañas. Necesita que todo vuelva a estar en su lugar.
Los caballos no vuelan, las aguas del río no desbordan, las estrellas a diferencia de los hombres, no chocan las unas con las otras.
Lum pronuncia en voz alta el nombre de la vieja machi. La cueva le devuelve su eco y entonces no se siente tan sola.
Deja el refugio, monta su yegua. Le corre un escalofrío por la espalda cuando cree ver de nuevo los ojos grises, bien abiertos de Carranza, mientras la luna cuelga como un gran ojo.

"¡Choique!", grita Ancatril.
Su voz se proyecta en el llano. Espolea y apresura a su caballo. Levanta el brazo en el aire, arma la boleadora en la carrera. Una nube emplumada cruza a unos doscientos metros. Jinete y animal son uno, con un relincho se dejan caer por la hondonada. Una sombra se filtra entre la paja brava y ondula y se derrama en las dunas. El tiempo se precipita, discurre entre los dedos. El indio tira, acierta y cobra su presa.
El ñandú cuelga con el pico abierto y sus plumas se mueven hasta que termina dentro de un costal de arpillera. El indio le pone unos puñados de sal, lo carga a la mula y el escuadrón de milicia retoma la marcha.

Ancatril desató el avestruz que colgaba de la montura, le hizo unos tajos bajo los muslos y tiró del pellejo que chirriaba hasta llegar a la cabeza. Cortó el cogote y desechó el cuero cubierto de plumas. Luego encendió un fuego mientras los demás armaban el campamento.

El rocío hiela el polvo, flota en el aire y lo asienta sobre las copas de los árboles. Los hombres lían cigarrillos y fuman sentados en círculo. Arde despacio la madera. Apuestan monedas de cobre y las cartas repican en sus manos. Cada uno recibe tres naipes, los cambian de lugar calzándolos entre los dedos. No vuela una mosca mientras planean su estrategia.
"¿Vieron eso?", dice Rufino.
"Qué cosa", pregunta Deus.
"Quizás era una liebre".
"¿Qué pasó?", insiste Deus.
"Me pareció ver algo que se movía, allá atrás de esos árboles".
"Hoy pensaba que ya casi ni me acuerdo de Carranza", dice Rufino.
"Hay cosas de las que uno no se acuerda, como si no hubieran ocurrido", dice el teniente.
"Sí, como si fueran fantasmas", agrega Deus.
El teniente está preocupado por un cuatro de bastos.
"¿Y por qué apostamos?", pregunta Deus.
"Por plata, qué va a ser", dice Rufino.
"En la pampa el dinero no vale nada. Quien desea fortuna debe conquistar territorio, eso es lo que dice el general, por eso estamos acá", replica Deus.

El jugo de la carne chorrea y resbala sobre las brasas, larga un humo salado que les hace agua la boca.

"¿Ya dio vuelta el ñandú, soldado?", dice el teniente.

Ancatril se levanta y corre a mover las brasas con un palo largo.

Rufino se frota las manos. El reloj de Ordoñez todavía está guardado en el forro de su chaqueta.

"¿Quiere bajarla ya, teniente?".

"No me apure, se terminó la guerra".

"Ya habrá otra", dice el soldado.

El teniente parece pensativo.

"Ojalá sigamos teniendo trabajo", agrega Rufino.

"Tenemos hambre", dice Deus. "¿Cuánto falta?"

"Falta", responde el indio.

El teniente demora para tirar la carta, fuma, baja otra carta dada vuelta y dice con desgano: "Paso".

"Esta condenada sota me está comiendo el hígado", dice Rufino y tira un siete de espadas.

El bosque oculta el horizonte, desde el claro puede verse un pedazo de cielo turbio.

Rufino ve una lagartija que está muy cerca de Deus y sin que éste se dé cuenta, la agarra y se la mete dentro de la camisa.

Deus salta de su lugar dando un grito, se sacude la ropa, pero no logra sacarse el bicho. Rufino ríe sosteniéndose la panza.
La risa contagia al teniente y a Ancatril.
Deus finalmente se libera de la lagartija, y le da una patada a Rufino que es lo suficientemente rápido como para atajar el pie que el fotógrafo lanzó al aire y hacerlo caer al piso. Rufino no para de reír. Deus tiene la cara colorada de enojo y se trenza con Rufino en el suelo, este último lo manipula con facilidad, inmovilizándolo.
"¿Te rendís, fotógrafo? Dale, no te enojés, sacános una foto".
Rufino lo suelta y vuelve a reír ruidosamente.
A Deus no le queda más que rendirse y afloja la tensión uniéndose a los demás.
Ríen por un rato, y poco a poco va apagándose la risa y la incomodidad se vuelve más intensa que antes.
Rufino suspira y dirige la mirada hacia el asado que Ancatril acaba de servirle.
Los demás, sentados en silencio, aprovechan el momento de la comida para volver a tomar distancia el uno del otro.

A la hora en que el sol se asienta sobre la meseta, Lum observa el desierto en su forma alargada reptando en medio del polvo.

Su campamento lo hizo con cañas y un cuero de oveja. No tiene fuego. Su yegua pasta a pocos metros y ella ha comido algunos frutos.

Mirar las plantas la abstrae, la hace reunirse con todo lo que extraña. Para estar en paz de nuevo falta mucho. Un sonido que no está hecho de palabras le trae sus reflexiones. El indio no es nada sin los animales o los pastos y qué bueno es sentir la tierra bajo la planta de los pies.

Una liebre se aproxima sigilosa, Lum y ella se miran. Está empezando el invierno y el roedor está cansado de escarbar y escarbar para encontrar sólo tubérculos resecos. Los mordisquea como si viviera en un universo donde el tiempo pasa más veloz.

Lum busca algo en su morral y saca un pequeño libro gastado. Se lo había regalado una cautiva que se llamaba Ofelia. Ella les enseñó a leer a la niña y a su madre. Cuando lo tiene entre sus manos, le vuelven imágenes de esos momentos deletreando despacio las palabras. Nunca pudo desprenderse de ese libro.

Lum tarda en descifrar lo que dice y cada vez que lee algo, piensa en otra cosa que podría ocurrir y que no está allí.

El desierto se parece a ese libro donde cada letra está caligrafiada con un baño de tinta azul. Es algo misterioso asentado sobre el fondo de una gran tiniebla.

Lum abre el libro en un párrafo que tiene marcado y lee tumbada en el suelo. Alguien antes que ella lo marcó. Cree que puede haber sido Ofelia. Llegó a la toldería y al poco tiempo el cacique la hizo su mujer. La cautiva lo admiraba cuando él montaba su alazán y Lum no podía captar qué podía atraerle de ese lonco tanto mayor que ella. Cierra el libro, se queda en silencio y piensa en qué distinta era Ofelia de los otros blancos. Le parece extraño, difícil de entender.
Algo se acumula dentro de Lum y le cuesta controlarlo. Se pone de pie y empieza a caminar de un lado al otro siguiendo una línea imaginaria, habla consigo misma.
Engañarlos, entramparlos, acorralarlos, en la noche… ¿cómo acercarme a esos hombres sin que me vean?
Su mirada se enciende porque se le ha ocurrido una idea.
Lum camina alejándose de su campamento. La rabia la empuja a la acción. Necesita avanzar, dar primero un paso, después otro y dejarse llevar por el viento silbante y su yegua, sus cómplices.

No muy lejos de allí rondan tres pájaros carroñeros. Moscardones azules se disputan por sorber el líquido que sale de los sesos de un bandido que yace sobre las dunas con la cabeza reventada. En el muslo derecho tiene una lanza clavada hasta el hueso. El olor a carne podrida impregna el aire. En poco tiempo quedará únicamente su osamenta.
El sombrero del bandido es arrastrado por el viento.

Rufino está oculto detrás de un árbol. Completa la carga de su rémington resbalando los dedos por el cañón del arma, espera su presa y antes de disparar dice:
"Qué carajo hago acá, quién va acordarse de nosotros dentro de cien años".
Rufino tira y un pájaro cae muerto.

Lum está trepada a un árbol, desde allí observa al soldado que dispara a un cuervo y el dolor se apodera de su cuerpo como si la hubiese herido a ella también.
"Ese blanco es cobarde, no me gusta su cara".
La joven machi piensa que ese soldado tiene el espíritu torcido, incompleto y que la vida no significa nada para él.
"Es mejor que no me encuentre".
A Lum se le acalambran las piernas por el frío. Está cada vez más cansada y hace un esfuerzo para mantenerse despierta. Quisiera que salga el sol y dormir un largo tiempo.

Detrás de la ramada una chispa relumbra como una luciérnaga. El teniente se acomoda la chaqueta. Da la última pitada a un cigarrillo, las medallas del coronel Ordóñez brillan en su solapa, y lo apaga.
"Salimos mañana antes que aclare", dice.
Cuando los hombres se acuestan, la luz sesgada deja ver unos bultos en la extensión. Náufragos flotando en un mar helado.
El campamento está en silencio. Ancatril se envuelve en su manta mientras hace guardia.
Las palabras del teniente resuenan en su cabeza. "Soldado, no se duerma".
Un zorrino husmea junto al fogón y encuentra pedacitos de grasa rebozados en arena. Toma uno con sus patas y lo limpia, lo saborea. El indio y él se miran, el zorrino sigue comiendo.
Ya no quedan muchos fuegos en la Araucanía y en el mundo sólo algunas raíces débiles. Es trabajoso mantener la vigilia. El indio no ha vuelto a poner la pava, la yerba del mate está lavada y las brasas son terrones blancos.
Desde el oeste se acerca un aguacero, una nube de tinta cubre la lejanía y se escuchan truenos. Hace mucho que no llueve.
"Mañana vamos a tener la tormenta encima", dice el indio.

No quiere moverse, no quiere hacer ruido, las órdenes del teniente fueron precisas. "Mantenga los ojos abiertos".

Ancatril sujeta el fusil helado contra el pecho, cabecea, quisiera estar atento pero el cansancio lo vence.

En la rama desnuda de un caldén se posa una lechuza, las plumas gruesas y la luna sobre su cabeza. Rufino está acostado boca arriba y la mira, no puede conciliar el sueño. Ancatril duerme hecho un ovillo con la pistola entre las piernas, se sacude, se incorpora confundido y exclama:

"Algo espantoso se acerca".

"Dejá de inventar cosas, indio", lo reprime Rufino.

"Escuche, Rufino, soñé con este camino, vi a la tropa, la división entera desaparecía entre los médanos, el bosque se los tragaba".

"Vamos, indio, no jodas, dormite".

Ancatril gira sobre su lado izquierdo, se acurruca de nuevo, aunque ahora está insomne.

Lum ha recolectado varios puñados de semillas de cebil, las mismas que la machi le dio en su viaje iniciático.

Con un mortero que ha improvisado, las muele cuidadosamente para no desperdiciar nada.

La machi le enseñó a hacer el polvo que se llama paricá y sirve para entrar en trance y comunicarse con los espíritus.

"Así verán al gualicho", susurra, "el gualicho se los llevará".

Cuando tiene el polvo de cebil que necesita, lo mete en el morral y espera a que todos en el campamento duerman para acercarse.

Lum se desliza hasta donde los hombres guardan las provisiones, encuentra café y lo mezcla con el cebil removiendo lentamente con la mano.

Rufino habla en sueños, pronuncia palabras sin sentido.

La joven machi se sobresalta. Despacio comienza a retroceder sin dar la espalda a los hombres que duermen, la mirada fija en Rufino que se lamenta dormido.

Encuentra resguardo en los arbustos. Toma una bocanada de aire y se tira al suelo, respira con agitación. Su camisa está sucia. La piel que le raspó la machi ahora tiene tintes morados por la cicatriz que comienza a secarse y a veces le pica, hay algunas gotas de sangre donde se rascó. Después, acostada boca abajo, se arrastra hasta perderse entre la arboleda.

Espejismos

La tierra retumba, la vibración hace doler los tímpanos, algo se acerca con incomprensible velocidad. Un bulto se abre camino a galope tendido y estalla sus hierros contra el suelo levantando polvo como si la fronda del bosque hubiera desaparecido. El ruido cesa bruscamente y en ese momento aparece un caballo de pelaje azul y su jinete, un soldado ensangrentado, apenas se sostiene sobre la montura.
A los hombres se les hiela la sangre.
No está vivo ni muerto, despide olor a charqui caliente. Una espuma negra brota de una herida bajo el ombligo. Las piernas descontroladas se sacuden. La mano derecha no tiene el dedo índice y aprieta contra el pecho la rémington, el brazo está vendado con girones de tela y atado con alambre, el soldado respira con esfuerzo. En la otra mano tiene un cuchillo. Parece un centauro blandiendo una espada. Sobre la manga lleva un brazalete desteñido. Su piel está seca. Un líquido viscoso le sale de las orejas. Levanta el hombro para sostener la cabeza y mira con un solo ojo porque el otro cuelga del nervio. Dice:

"Que yo le entregue esto en sus manos, teniente, fue la última voluntad de un caído".

Sin dejar de apuntarle con la pistola, el teniente alarga la mano y recibe el cuchillo. El cuchillo está húmedo y tibio, tiene una piedra de color granate incrustada en el mango de plata, la hoja es buena. El teniente la limpia en el pantalón y lee:

J.M.R.

"Todos están muertos. No vayan por ese camino", dice el soldado ensangrentado.

"Me voy, se está haciendo de día y no quiero ser imprudente".

El soldado hace volver grupas a su caballo y se interna en el matorral. Un golpe de tambores rasga el aire.

El fogón se está apagando y llena de humo denso el claro.

"¡Vivan los héroes del desierto del Sud!", grita la voz del soldado y se desvanece.

El teniente se calza el cuchillo bajo el cinto.

Es media mañana y Rufino tiene la sensación de que alguien los está siguiendo.

Se acerca a los árboles, una corriente dulce lo llama. Percibe el olor de una mujer aunque allí no ve a nadie.

Rufino se interna en el monte y se aleja del campamento con la urgencia de encontrar a esa mujer fantasma, pero en el bosque es fácil equivocarse, a veces uno vuelve al lugar del que se marchó pensando que ha avanzado un largo trecho o llega a un sitio al que nunca se propuso ir.

En el límite del bosque empieza la llanura. Cerca del arroyo el terreno es blando y el hombre sabe que sus pasos pueden perderse en el barro de la hondonada. Después empieza el desierto donde el viento funde los médanos, los senderos cambian de forma y confunden al viajero.

Los caldenes entrelazan sus ramas y las enredaderas trepan y forman arcos que incitan a pasar por debajo. Rufino se afana en abrirse paso a través de la espesura y se pierde de vista. Las plantas ocultan su rastro.

Enganchado entre las zarzas hay un girón de tela azul.

Almacén de ramos generales, 1861

El viejo James Barnes no tiene miedo a los indios. Les vende aguardiente y herramientas, y a cambio recibe lazos, pieles y tejidos que puede ofrecer a un alto precio. Lleva las cuentas en un libro de tapas verdes y da facilidades de pago a sus clientes.
Barnes tiene en la mano una tira de papel manila. Anota en una lista los artículos que necesita reponer. Cuando no usa el lápiz se lo pone detrás de la oreja y su almacén huele a alfalfa. No escucha cuando entra Rufino. El chico viene a pedirle trabajo.
"Buenas, ¿quiere que le pinte el frente?"
Los ojos de Rufino son oscuros y brillantes.
"¿Qué otra cosa sabés hacer chico?"
"Lo que mande, señor".
La mirada de Rufino martilla en el pecho de Barnes.
El viejo saca un tazón de la alacena y lo pone frente al chico. Hunde un tarro de mango largo en un tambo, sirve leche hasta el tope. Le da pan y un cuchillo.
"Sentate, comé", le dice.

En medio de la mesada hay una horma de queso a la que le falta un pedazo. Rufino toma la leche de un trago y Barnes le llena el tazón por segunda vez.

Después el chico se siente vigoroso.

Barnes le presta un balde, una brocha y la escalera.

"Hay que pintar afuera y adentro", le dice.

Rufino prepara la mezcla con una parte de sangre de toro, una parte de cal y una parte de agua. Es tarde, el almacén huele a pintura, ahora las paredes son rosadas. Bajo la lámpara una barra de jabón parece un lingote de oro. Rufino repasa un estante con un trapo para despegarle el polvillo a la loza. Frente al mostrador está un hombre sentado, se lo ve triste. Barnes le sirve un vaso de vino, y cuando él toma, la luz rojiza estalla sobre su cara.

Una polilla aletea y trepa por la pared. Rufino la apunta con el dedo índice, una mano empuña la otra y el chico excitado dispara. Descarga una ráfaga de balas imaginarias. Atolondrada por el fulgor, la polilla choca contra el vidrio de la lámpara. Una borra se desprende de sus alas y una marca de grasa aterciopelada queda estampada en la pantalla.

"Estate quieto chico", dice Barnes con su voz ronca.

Rufino se tumba sobre el forraje. El hombre que está tomando vino le pide que cante algo.

El chico canta una vidala.

La cortina de totora se bambolea, entra un jinete y la voz de Rufino se apaga. El sombrero ladeado no deja verle la cara, una chalina de alpaca sobre el hombro, el pantalón del ejército, las espuelas de bronce. Se acerca golpeando los tacos. Sus movimientos suenan como latigazos. Olfatea el aire, saluda con la cabeza. Se queda de pie cerca del hombre que toma vino, los codos sobre la mesada. Saca una caja de latón del bolsillo de su camisa y convida cigarrillos, en el dedo medio usa un anillo de plata.

Barnes acepta uno y lo enciende.

El hombre que toma vino no fuma pero agradece con un gesto.

"Tabaco Virginia", dice el viejo Barnes complacido.

El jinete pide fuego y el viejo le presta su cigarrillo. Una columna de humo envuelve el rincón donde los hombres conversan o guardan silencio. Rufino no se acuerda de eso.

"Me dijeron que usted vino de Europa", dice el jinete.

"Sí", contesta Barnes.

El jinete tira las cenizas al piso.

"¿De qué lugar?"

"Inglaterra", dice el viejo.

"Escuché que tiene simpatía por los indios".

"Los araucanos fabrican buenos cueros", contesta Barnes.

"Yo no transo con ellos, prefiero negociar con usted. ¿A cuánto me deja ese lazo?", pregunta el jinete.

Barnes lo descuelga de un clavo y se lo da.

"Cuesta un peso".

El jinete tensa el lazo y prueba un nudo.

"Un peso parece mucho, míster. ¿A usted cuánto pudo haberle costado?"

"Es el precio que yo le puse, no tiene por qué llevarlo".

"Me la está haciendo difícil, míster".

"Podría costar más, caballero".

El jinete levanta el ala del sombrero y la luz le vela la cara, el jinete y Barnes siguen negociando:

"¿Es su última palabra, míster? Es mucha plata por algo que ha hecho un bárbaro".

"No vamos a pelear por esto. Si es lo que quiere, deme ochenta centavos".

El jinete pone una moneda de un peso arriba de la mesada y espera el vuelto.

El hombre que toma vino pregunta la hora. El jinete saca un reloj de oro de abajo de la chalina.

"Son casi las nueve", dice.

Rufino nunca había visto el oro.

El hombre que toma vino apura el último trago y se levanta de su silla. Deja un centavo al lado del vaso.

"¿Dónde está el excusado?", pregunta antes de cruzar la puerta.

Sale apurado agarrándose el vientre. Se escucha un golpe seco, el cuchillo se le cae.
"Doble a la derecha", indica Barnes.
Al salir el hombre, la cortina de totora se bambolea.
El jinete se acerca, levanta el cuchillo que se le cayó al hombre.
Rufino ve cómo el jinete se lleva el facón a la cintura y lo guarda.
"Mirá, chico, ése que se fue es un federal", dice el jinete.
El hombre se aleja, se escuchan sus pasos, el jinete mira hacia afuera. Se dirige a Rufino.
"No te olvides nunca, un federal, un cagón que pretende ser caudillo".
Barnes interrumpe.
"Vamos caballero, no moleste al niño, hasta cuándo van a estar enfrentados entre ustedes".
"Usted no debería meterse en esto siendo extranjero, míster".
"Déjese de joder", es lo que quiere gritarle Barnes al unitario pero un acceso de tos transforma su cara y le impide seguir hablando. Cuando se recupera dice:
"Por lo que yo sé usted tampoco es de por acá".
"Soy de Buenos Aires, míster. Mejor dígame qué hace un inglés en medio de la pampa".
Barnes se queda callado y el jinete le suelta:
"Le gusta el asado, míster".

"¡Oh, lo mejor! Achuras", dice, sacudiendo la cabeza.
"Nosotros eso se lo damos a los perros".
Barnes ríe.
"¿Va a tomar algo?"
"Nada, míster, un poco de agua si quiere".
El jinete mantiene la cabeza inclinada. Se le ve la barba rala bajo el sombrero, le esquiva la mirada al viejo.
Barnes calza los pulgares bajo los tiradores y observa al forastero. La moneda de un peso todavía sigue en el mismo lugar.
"No voy a llevar esto", dice el jinete y devuelve el lazo.
"Usted es un hombre duro", dice el viejo.
El jinete guarda su dinero.
"Lo que pasa es que no me gustan los *redcoats*".
"Usted se equivoca, amigo, yo nunca pertenecí al ejército".
"No hay cosa peor que un traidor".
"No me arrepiento de haber escapado de la guerra. Este país es noble, vine aquí para no marchar a África".
El jinete huele al sudor de los caballos y a la resina que queman los indios durante el invierno, el reloj de oro pende de su cintura.
"¿Necesita algo, patrón?", interrumpe Rufino.
"No", dice Barnes y su expresión pierde aspereza.

El jinete arrima una silla, se sienta y cruza las piernas.
"La guerra no va a terminar, míster", dice.
El jinete se inclina y afila su cuchillo raspando la hoja contra la espuela.

El salitral

Rufino camina como un sonámbulo, el olor de la mujer ya no flota en el aire, le ha perdido el rastro. Los árboles plateados empiezan a ralear. El sendero se cubre de cristales pequeños que centellean bajo sus pies doloridos. Tiene semillas de amor seco prendidas en las botamangas, gusto a salmuera en la boca y vaga por los restos de un antiguo y desolado océano donde la tierra fértil ha sido sepultada por limadura de huesos. Los ojos irritados de Rufino se achican para poder ver en el blanco. Hace visera con la mano. El Gran Salitral se despliega delante suyo y él avanza. Se dirige hacia ese lugar en lo alto de la montaña donde el viento solar ha provocado una aurora y la figura de un dragón flota en el cielo, la serpiente con alas abre sus fauces y aúlla. Rufino se detiene y levanta la pistola, en el tambor le queda una sola carga, dispara.
Un tiro al aire, alguien está perdido.

Un disparo hace reaccionar al indio y en seguida se escucha otro. El teniente desenfunda su pistola y se incorpora.

"¡Rufino!"

Deus tiene la cara hinchada de sueño y no encuentra su arma.

"Qué pasa, indio".

El teniente levanta la alforja, echa la montura al caballo y ordena:

"Deus, prepare más café para cuando volvamos". Es mejor que vaya a ver de dónde vinieron esos disparos.

"Fue un solo tiro y vino del norte, el otro era el eco porque siguió cantando, teniente", explica Ancatril.

"Me dijeron de buena fuente que llegando al fortín a Rufino lo iban a fusilar", comenta Deus. "Hace un tiempo unos perros desenterraron el cadáver de la mujer de Soria. Rufino y esa mujer escaparon juntos, parece que ella tenía el mal gálico, pero a él no le importó".

"Se llama sífilis", dice el teniente.

"De todos modos, Soria no se lo va a perdonar y va a buscar una excusa para hacerlo fusilar".

El teniente se queda pensando y se aprieta las sienes con los dedos.

"Esta mañana estoy mareado", dice. "Verifique qué rumbo siguió, Ancatril. Tengo que asentarlo en el diario de marcha, pero lo haré en otro momento".

"Sí, teniente".

El teniente monta, espolea el animal y sale al trote. El indio cabalga rumbo al norte. Deus escucha los caballos que se alejan y se queda melancólico mirando la luz temblorosa del sol que apareció repentinamente detrás de una loma.

El teniente murmura para sí, el soldado que trajo ese cuchillo mostró coraje al llegar hasta el campamento cumpliendo con el último deseo de un muerto.

Parecía venir de otro tiempo, usaba un brazalete colorado, o era azul...

En esa atmósfera no se podía ver bien de qué color era la insignia. A pesar de su aspecto inquietante, se leía en su mirada de salamandra una calma misteriosa como si fuera posible vivir en el fuego. Su visita los dejó confundidos. Tal vez pertenecería al escuadrón de Sanabria que salió más temprano, llevaban las mujeres cautivas, el ganado y los bienes embargados a los indios.

"Si es verdad lo que dijo ese soldado, toda la ganancia se perdió en el desierto y si hubiera sido un bandido, de cualquier forma, deberían considerar su advertencia, es posible que haya peligro acechando en el camino".

Ancatril atraviesa el bosque a caballo. Falta poco para que el sol del mediodía pegue fuerte y queme el aire.
A la vera del Gran Salitral se apea, da unos pasos. La sal cruje bajo sus pies.
El indio grita. El viento le devuelve su voz, tiene la boca seca y salada. Es difícil saber si alguien puede escucharlo. Rufino tendría que estar loco para meterse en ese lugar, él no va a seguirlo. Las huellas que las botas de Rufino han dejado se pierden de vista en la salina. A unos metros algo brilla. El reloj de Ordóñez resalta en el blanco de la sal. Ancatril lo recoge, lo envuelve en su pañuelo y se lo guarda.
Su intuición le dice que allí hay alguien más, en el salitral no están solos.
El indio mira en todas direcciones y no alcanza a ver nada. Sin embargo, no se queda tranquilo. Alguien los ha estado siguiendo y quién sabe cuáles son sus intenciones. En el desierto todo es posible.
La tarde que comienza huele a tierra mojada, debe estar lloviendo en la frontera gotas de agua,

pedregones en la arenisca. Ancatril y su caballo
se apresuran a dejar atrás la salina.

El cielo y el blanco de la sal no se juntan en el
horizonte de la Araucanía. Desde el salitral se
ven reflejos de cerros, toman el color del ónix,
crecen y desaparecen.
El hastío oprime a Rufino, lo incita a escaparse
desde el mismo día que lo reclutaron para ir a la
Campaña. Desde que se fueron juntos él y la
mujer de Soria vivieron con temor a que algún
milico les pegara un tiro o les clavara un cuchillo
para dejarlos tirados en el desierto como osamentas de bestias. Dios se la llevó primero, él
estaba ahí para enterrarla. Antes del último suspiro, ella le dijo que no dejara que lo maten.
Rufino vuelve la vista atrás y mira sus huellas.
No puede borrar sus pasos ni las marcas que
han dejado en la sal. Alguien grita su nombre,
no se cansa de llamarlo, es la voz del Ancatril.
Una vez el indio le contó que los antiguos araucanos sabían la historia de los pájaros que vuelan
sin su bandada porque llevan un mensaje. Rufino sonríe. Un flamenco pasa volando bajo por
encima del Gran Salitral, su cuerpo se alarga. El
ave va más allá de la tormenta y su aleteo no se
escucha.

El indio ha dejado de llamarlo. La sal se ha vuelto pura conforme Rufino se ha ido alejando del país del diablo, rechina bajo sus suelas gastadas. Puede vagar durante días por ese vacío sin detenerse hasta perder la sensación de que la ley lo persigue, ya no tiene que prestar servicio. La luz es cegadora.

Ancatril da su parte al teniente de que Rufino se perdió en el salitral y no queda más que darlo por muerto.
El indio está por decir algo más, pero el teniente lo interrumpe:
"Con el misterio de la desaparición de Carranza y ahora ésto, no sé qué justificación voy a dar en el fortín".
El indio mira alrededor perturbado.
"Alguien nos viene siguiendo", afirma.
El teniente se queda mirándolo.
"¿De dónde sacás eso?"
Ancatril dice que él conoce el desierto como la palma de su mano y puede escuchar y ver cosas de él.
Deus hace un gesto incrédulo, dando a entender que el indio piensa poco.
El teniente los mira fastidiado.
"Ya quiero salir de este infierno", dice y agrega, "vámonos de aquí".

Lejos de este territorio roído por la sal el aire es otro.

El espacio, la extensión, se abre ante la fatiga, ésto es el desierto.

Rufino camina arrastrando los pies, resopla. Estalla un trueno. El vendaval se desata, el día queda en tinieblas y mientras el cielo esté cubierto Rufino va a poder mirar hacia arriba. Junta las manos y sorbe el agua que recoge, sabe dulce. Cerca del suelo el rumor de las gotas es ligero, la ropa mojada le pesa, la lluvia lo apacigua. Rufino se acuesta y va quedándose dormido sobre el salitre.

Sueña que cabalga por la llanura hacia su destino. Puede verlo en el horizonte lejano pero está cansado. No vale la pena seguir andando.

Debajo de la Gran Salina corre un río subterráneo, la sal de la superficie chupa el agua del subsuelo. El uniforme de Rufino destiñe y en un charco azul yace un hombre muerto.

Lum está montada sobre la yegua a poca distancia de Rufino. El suelo blanco refracta toda la luz del sol, ella mira el cuerpo tendido del soldado y no tiene pena por ese hombre muerto. Piensa que ha sido justo que se pierda seguido por sus demonios. Lum ni siquiera lo tocó, sólo puso el cebil para que se abrieran las puertas de sus miedos. Un espíritu ruin sólo ve oscuridad.

Los hombres arrean los caballos y éstos últimos vacilan, asientan sus cascos sobre el pedregal, ascienden en fila india. Han cambiado el rumbo después de la advertencia del jinete patriota. Pasando la sierra, se adentrarán en la meseta. Los caballos empujan la cabeza hacia adelante y siguen subiendo la pendiente. La mula balancea el peso de su carga sobre sus patas livianas. Ya son dos los desertores, afirma Deus.
"Son muertos sin ataúd", responde el teniente.
"Los imagino picoteados por los cuervos", dice el fotógrafo, mientras mira un punto fijo como si estuviera proyectando una imagen en su cabeza.
"Como pedazos de charqui", agrega el indio.
"Nunca vamos a llegar a la frontera, no se puede salir vivo de este desierto, creí que todos lo sabían, teniente. Rufino tiene suerte de estar muerto, es lo más afortunado que pudo pasarle", dice Deus.
"A mí me hubiera gustado estar presente en su fusilamiento", agrega el teniente.
"Siempre tuvo cara de cretino", comenta Deus.
"Yo soñé con ese soldado ensangrentado, ¿ustedes lo vieron?"

"Estaba ahí", dice el teniente, "tengo el cuchillo que me dio".
El teniente cree que el facón que lleva consigo pertenecía al Restaurador.

Encuentran un árbol solitario, ha sido sagrado para los indios. Es enorme, antiguo. El teniente quiere retratarse junto a éste. La tierra está revuelta.
"Aquí había una tumba de mi pueblo", dice Ancatril.
Vieron piedras movedizas en lugar de una cruz cristiana.
El fotógrafo se interna en el revuelto mar de arena abrumado de calor en busca de la sepultura araucana. El teniente le insinúa que entierre los cráneos que trae en una bolsa, pero Deus dice que no se trata de devolverlos, sino de desenterrar otros para llevarlos y exponerlos en la ciudad.
"Han enterrado un cacique", dice Deus.
Ancatril asiente. Se lee la impotencia en su expresión. Sabe qué se propone el fotógrafo.
Los araucanos hacían la distinción a la hora de enterrar un jefe. Era el único que tenía una sepultura individual con sus respectivos honores. Sus animales preferidos lo acompañaban y algunos de sus objetos de valor.

Deus toma una pala y comienza a cavar.

Con los primeros golpes descubre los huesos de un caballo y los aparta. Luego hay un perro, vasijas, huesos trabajados, maíz y otros granos.

El cuerpo que los hombres encuentran está momificado. Deus lo examina, le saca las joyas de plata que lo acompañan y las guarda en su bolso.

Ancatril se arrodilla al verlo. Se le llenan los ojos de lágrimas. Piensa que una maldición lo seguirá por haber participado en la profanación de esa tumba.

El teniente levanta una mano, indica a Deus que tome la fotografía que le pidió, así se van.

"Hay que andar despacio en los médanos", señala.

El fotógrafo se pone de pie y arma su equipo. Después hace un retrato de los hombres frente a la tumba descubierta, los restos humanos y animales, los objetos, son los trofeos de guerra.

No es posible determinar el tiempo que debe permanecer el vidrio húmedo dentro de la cámara oscura porque depende de la intensidad de la luz reflejada con los objetos que se quieren reproducir, según la hora del día.

Lum galopa hacia la ladera de la sierra. Los hombres van más adelante a unos trescientos metros.

Un sapo salta escapando a los cascos de su yegua y al alcanzar el borde oscuro del monte desaparece. En ese momento un viejo pastor de ovejas cruza con su rebaño delante de ella. Lum no ha escuchado balar a los animales ni sus pezuñas han hecho ruido al acercarse.

La yegua se detiene. Lum está sorprendida al ver al anciano ranquel en medio del desierto que acecha y le pregunta qué hace allí.

El anciano le cuenta que su gente vive en el sur, que vino a cambiar ovejas por maíz y trigo.

Ella le dice que están todos muertos, que han matado a todos en su toldería.

El viejo se lamenta, baja la mirada con pena. Le dice que vaya con él donde está su tribu. Allí podría vivir más allá del Río Colorado donde los soldados aún no han llegado.

La joven machi le agradece, dice que lo va a hacer, que ahora no puede ir con él, antes tiene algo que terminar.

El anciano la mira con sospecha, asiente, guía a su rebaño y desaparece.

Lum mira hacia el sur, después hacia el oeste. Los soldados ya deben haber avanzado un buen tramo. Ella contempla hacia un lado y hacia el otro, dividida. Sabe que bastaría cruzar el Río Colorado en lugar de seguir bordeándolo en ese territorio que ya fue usurpado. Ir hacia las tierras libres del sur. Pero Lum azuza su yegua porque si no, les va a perder el rastro.

Las noches de luna llena la machi solía ir a recoger hierbas cerca del vado, ella le enseñó los nombres de las plantas y cómo usarlas. Antes de que su madre muriera, Lum acostumbraba caminar con ella hasta las cuevas donde había dibujos sobre las piedras y escuchaba las historias que los ancianos habían contado a su madre.
Hubo un tiempo en que una raza de gigantes habitaba la Araucanía. Algunos partieron a la guerra y otros se quedaron esperando su regreso. Al darse cuenta de que los guerreros no volverían, los gigantes lloraron y así fue como se formaron las lagunas encadenadas.
En lo hondo de las cavernas había un dibujo con la figura de una mujer que cabalgaba con lanza en mano, detrás de su presa.
A Lum se le hace un nudo en la garganta.

La lluvia es intensa. El viento arrecia y las bestias mojadas descienden clavando los herrajes en el lodo. La mula tambalea al pisar el borde de la cornisa y patina, se precipita hacia el vacío. Su cuerpo y su carga pesados golpean a unos diez metros contra el fondo del barranco. Los huesos chasquean al quebrarse. El cajón fotográfico se hace pedazos, las bandejas de acero en su interior tañen, los frascos con gases líquidos revientan o se derraman, los cacharros vuelan y se hacen añicos. Deus se apea para asomarse a la barranca, solloza mientras sus cosas se pierden en el fango. El denso olor del amoníaco sube hasta su nariz. Abajo las cosas esparcidas se hunden, se contaminan, el café, la harina y una bolsa de arroz se vacían, el contenido de un frasco hace espuma sobre la sal y los vapores venenosos que despide enrarecen el aire.
El teniente ordena a Ancatril:
"Baje y levante el arroz que se volcó entre los matorrales".
El indio aparta a Deus y se desliza por la ladera. La mula deja de rebuznar al verlo cerca, respira débilmente. El indio se da cuenta de que agoniza porque no se mueve. Debe haberse roto las costillas. Ancatril le pone la mano en la cabeza y le

habla, el viento levanta palabras en lengua mapuche, paila, paila. La mula mueve despacio la cola y sus ojos se van cerrando. El indio no duda de su sufrimiento y sin esperar más le dispara.
"Apúrese y junte el arroz", le grita el teniente.
Alrededor de él cientos de granos se pegan en los pastos. Le preocupa desperdiciarlos. Se mete en el barro y empieza a juntarlos uno por uno con los pies enterrados, pero pronto se da cuenta de que es una tarea imposible. El indio mira al teniente desde abajo como esperando una orden diferente.
"Ya basta, no perdamos más tiempo", le grita éste.
Ancatril intenta subir la pendiente, no lo consigue. El barro es resbaladizo, la lluvia continúa inundando la cañada y forma un arroyo. El agua corre, arrastra bisagras que volaron de las cajas, sobras del desayuno, restos de cacharros que se acumulan hasta quedar encajados contra una pared de barro que se está desmoronando.
Vuelve a ver el alud que lo había sepultado en el fondo de la zanja. Escucha un estruendo como una ola que rompe. Le tiemblan las piernas. Se le nubla la vista y en seguida oscurece. Aquel manto lo envolvió en una mortaja, bajo tierra siempre hace frío.
Le tiran un lazo para que se agarre.
Allá arriba lo miran.

Ancatril alcanza a ajustar el nudo a su cintura y se desvanece.
El teniente y Deus tiran para subirlo y lo arrastran hasta tenderlo en el suelo.

No importa que sus ojos todavía no se hayan habituado a mirar a través de la lluvia y que sea difícil definir los contornos de las cosas y de los árboles. Lum sabe que esos hombres están allí adelante tratando de avanzar por el paso entre las piedras.

Está abrigada con un cuero de oveja y sentada sobre su yegua. Las nubes negras lo cubren todo y los relámpagos alumbran el espacio vacío donde el camino parece terminar en un abismo. Lum ha buscado resguardo debajo de una acacia. Se para con destreza sobre el lomo del animal y trepa por el tronco del árbol agarrándose de las ramas, así puede ver en detalle las acciones de los soldados. Todos los movimientos de la joven machi son muy cuidados y apenas audibles en medio de la tormenta.

El viento empieza a soplar con violencia y la empuja, ella permanece aferrada al árbol

Los hombres, no muy lejos, están luchando a su vez con el temporal. Lum los vigila. Espera que se alejen un poco más para volver a seguirlos.

El día demora en terminar, el paisaje se repite y no se sabe si el Río Colorado avanza hacia el mar o retrocede remontando las sierras. Siguen andando río arriba hacia el oeste y cabalgan con ímpetu. El llano no muestra más señales del paso del tiempo y no hay movimiento en la extensión, sólo las sombras se dilatan en la marcha conforme la tarde declina. Pareciera que nada ha ocurrido, ni una guerra ni un sueño.

Los tres jinetes avanzan batiéndose obstinadamente en una pulseada para saber quién tiene más fuerza, si el desierto o su deseo de llegar a la frontera. El viento los contempla. No pueden oír esa voz que les dice vacas, rumiantes, quédense si quieren pero no mastiquen todo lo que encuentran y no vengan aquí a alambrar la tierra.

Sepúlveda

Sepúlveda sale del fortín en su día libre, va a cazar vizcachas y no sabe que la suerte le jugará una mala pasada.
Lleva un sombrero grande comprado en la frontera, un pañuelo atado al cuello y un rebenque.
Sus pantalones sujetos con una faja de cuero, la camisa abierta en el pecho, las mangas arremangadas.
Camina arrastrando una pierna, una de sus botas tiene un taco de madera, renquea. Monta un caballo manchado. Las vizcachas que ha cazado están enlazadas sobre la montura.
Ha cabalgado varias leguas hundiéndose en el monte tupido y cuando decide regresar con sus presas, se da cuenta de que los indios lo vienen siguiendo.
A corta distancia ve una laguna. Cabalga espoleando al animal. No duda. Se mete en lo hondo hasta que el agua llega al lomo del caballo y allí espera con su rémington en mano.
Los indios son cerca de cuarenta. Un capitanejo los manda y se hacen ver sobre las barrancas. Lo aturden con alaridos. Lo acosan. Lo rodean. No

pueden acercarse para lancearlo porque Sepúlveda les apunta con su fusil.

Los indios son pacientes, saben que él los matará de inmediato si se internan en el agua. Mantienen la guardia. Nada se mueve, ni el viento sopla en ese momento. Esperan, inmóviles.

Sepúlveda y su caballo no podrán resistir allí mucho tiempo.

El capitanejo es joven, usa un collar de plata con incrustaciones de lapislázuli y en su lanza, donde la punta se une al largo, lleva atadas algunas plumas de avestruz.

El caballo del soldado relincha. Es hora de que Sepúlveda abandone la laguna.

El capitanejo le dice que salga, que no lo van a matar, que tendrá su protección.

Sepúlveda hace silencio.

El indio le grita:

"¡No serás el primer cristiano hospedado en mi toldería. Tengo amigos blancos a quienes protejo, y con los cuales vamos juntos a maloquear a las fronteras!".

Sepúlveda vacila. No reacciona. El animal corcovea. Piensa que ese indio ha cortado muchas cabezas más que haberles dado hospedaje. Desconfía, pero no tiene opciones. Si sale y quiere dispararles, los jinetes araucanos van a marearlo con sus caballos y le clavarán una lanza al tratar de escapar.

Cuando las balas se le terminan finalmente acepta el trato.

Sale de la laguna. Los indios lo rodean y lo conducen al trote en dirección a la toldería.

El piquete de indios se mueve rápido. Sepúlveda está entregado. Se deja llevar.

Tres indios lo acompañan. Lo trasladan hasta el toldo del cacique. Éste exige a Sepúlveda que le informe de los movimientos del ejército. Él se niega, dice no saber nada. El lonco no le cree, se dibuja una mueca en la comisura de su boca arrugada. Pierde la paciencia y da la orden que lo arrojen maniatado en el chiquero.

Atado con alambres en el barro y la inmundicia, Sepúlveda piensa que le queda poco tiempo y necesita inventar una historia que de algún modo lo libere de los salvajes. Está asustado, tirita, tiene náuseas.

Pide hablar de nuevo con el cacique. Cuando está frente a él le asegura que va a confesarlo todo. Cuenta los movimientos que supuestamente el ejército lleva adelante en el fortín y del ataque que están preparando contra su toldería. El cacique lo escucha, pero le dice que está mintiendo y manda que de todos modos lo lanceen. Antes de matarlo, por esos designios de la fortuna, lo envían custodiado a cortar leña al monte, junto a un par de indios que llevan consigo aguardiente. Después de un rato largo, los indios se emborrachan mientras él corta troncos y Sepúlveda aprovecha la oportunidad, ve que ríen sin detenerse y empiezan a hablar con la lengua pesada. El cabo se abalanza sobre ellos, hunde el hacha en la cabeza de uno y descarga un segundo golpe en el pecho del otro, y los deja tendidos en un charco de sangre.

Sepúlveda escapa. Cojea porque le han quitado sus botas. Es de noche. Busca guía en el mapa de las estrellas, pero confunde lo poco que conoce del cielo, y a pesar de todos sus esfuerzos por orientarse, toma el camino equivocado. No va hacia el fortín si no en dirección opuesta, y camina durante días arrastrando su pierna más corta, hasta perderse por un sendero sin salida.

Cuando lo encontraron era casi un cadáver, picoteado por los bichos, con los pies y los brazos destruidos y las ropas desgarradas por la maleza. Creyeron que estaba muerto, pero al tocarlo con un palo, Sepúlveda soltó un quejido y abrió los ojos.

Deus

Los caballos marchan con el viento en contra. Cascotes y pozos en el camino desolado. Los hombres van cabalgando en silencio, el fortín está cerca, a no más de diez leguas. No obstante, sigue pareciéndoles que están parados en el mismo punto, quietos en medio del desierto. Deus habla, aunque el teniente no lo escuche. "Sabe, teniente, tanto quise volver a Buenos Aires y ahora me siento débil para emprender el viaje. He llegado a sentirme aquí más lejos de casa que estando en París. Somos un poco más salvajes que antes, ¿no cree? Me fatiga la idea de abandonar este lugar porque debo llegar a la ciudad a montar una farsa, agradar a mis padres y convencerlos de que me paguen otro pasaje hasta Marsella. Pobre mi madre, soy lo único que tiene. Le gustaría verme casado pero yo jamás imaginé esa vida para mí. Ya no tengo amigos en Buenos Aires. Muchos han formado familia y viven de su reputación, nada me une a ellos. Usted debe haberse dado cuenta teniente, quiero otra cosa para mí, no quiero seguir fingiendo".
Deus hace una pausa y continúa:

"Y mi padre, enfundado en su fular de cachemira y sus guantes de cabritilla con sus aristocráticos prejuicios, es tan distante. Para él la contemplación es una pérdida de tiempo. El té se le sirve en la terraza a las cinco de la tarde sin importar lo que ocurra y todavía cree que estuve en París estudiando leyes. Tengo que fingir otro poco, me sentaré frente a mi padre y fumaré mi pipa, pediré a las sirvientas que me traigan licor y hablaré sobre nuestra victoria y los misterios de la Araucanía.

La guerra no me ha cambiado, es el desierto el que me cambió, el desierto nos vuelve locos, nos hace perder el sentido del tiempo y la distancia. Se engulle nuestros aparatos y lo poco de civilizados que tenemos. Aquí no es posible la civilización. Hay que mantenerse en movimiento para buscar una salida y estar atento para que no lo encuentren a uno después con las cuencas vacías.

No voy a desperdiciar más mi vida midiendo terrenos y escribiendo documentos para la patria, voy a volver a Francia a vivir como yo quiera y compraré un astrómetro y miraré el cielo. Anoche soñé con una puerta que estaba abierta".

26 de mayo, 1879

Mon cher journal:
La otra madrugada tuve un sueño, mas es preciso callar a los demás lo que en él he visto. Estaba en un subsuelo y tenía una llave en la mano, frente a mí había una puerta, me acerqué para meter la llave en la cerradura y en ese momento la puerta se abrió sola. Dentro colgaban ganchos con cuerpos de mujeres sin cabezas, cerré de un portazo y la palabra yugo me apareció de repente.
Cuando la guerra termine ni siquiera los vencedores habremos triunfado sobre esas fuerzas innombrables de la creación y la destrucción. La guerra prende fuego y devora a los muertos pero algo aún más tenebroso arde en el mundo subterráneo. Yugo es la palabra, eso es la guerra. Con leguas de alambre y palos no conquistaremos el país de diablo.
Buenos Aires, ahora que empieza a amanecer y se alza esta niebla opalina sobre el río, pienso, cuando vuelva a tu orilla quizás no sea más el mismo. Quizás los golpes del tiempo nos hagan crecer hasta hacernos hombres. Voy a añorar las estrellas que se derraman en esta bóveda limpia, en la vastedad del silencio salvaje. Sin embargo la guerra ha despertado en mí la melancolía de un extraño y el otoño me hace sentir viejo. La soledad es ahora mi casa.

S.Deus

Lum cabalga hasta un arroyo y está exhausta. Se apea. Tiene hambre y le duele el cuerpo. La falta de un descanso profundo y la fatiga le han marcado ojeras moradas.

La yegua toma agua mientras ella se baña, disfruta el contacto con el agua que corre.

A pocos metros sobre la orilla, ve un cuervo que lucha con una víbora de la cruz. El pájaro aletea y da picotazos a su presa que se yergue con la mitad del cuerpo recto en posición de ataque. El cuervo es más rápido que la serpiente y antes de que ésta consiga morderlo, la agarra con el pico por debajo de la cabeza donde la víbora tiene el veneno, y alza vuelo. Después la suelta, la serpiente cae dando vueltas en el aire hasta que choca contra la tierra. El pájaro se lanza en picada y la devora.

La joven machi también debe cazar para comer, se le terminaron todas sus provisiones y no ha encontrado frutos silvestres por ninguna parte.

Lum se arrodilla entre unas piedras grandes en un ángulo donde la corriente se hace más profunda. Está atenta e inmóvil. De repente hace un movimiento rápido con los brazos y saca del agua un pez plateado, se le resbala pero ella lo sujeta entre sus manos. La joven machi sale del arroyo dando pasos largos, tira el pescado en la orilla y se queda mirándolo como cabrillea hasta que se le cierran las branquias.

Lum le corta la cabeza con su navaja, raspa las escamas con destreza, lo eviscera y se lo come crudo.

Acostada en la orilla duerme profundamente, mientras el cuervo hurga en la arena picoteando los últimos restos de la serpiente.

El follaje se agita en el sueño de Lum. Los árboles se mueven y se extienden hacia arriba. El viento con su potente fuerza golpea las ramas. Sus martillazos son certeros, amenaza con arrancar de cuajo uno de los caldenes más antiguos. Lum teme escuchar el crujido del árbol sagrado. El estruendo al caer.

Nada parece sacarla de la contemplación de ese gigante. Se resiste a seguir soñando, quiere escapar de esa pesadilla que la perturba. Durante un largo rato habla con el árbol para que no se vaya, "Foike, no caigas ahora, necesito beber de tu savia, eres el motivo de mi viaje, mi espíritu guardián, sin tu protección yo no sé qué voy a hacer. Foike, no caigas, no".

Lum despierta aturdida, todavía le zumban los oídos.

Esa noche le tocaba a Deus hacer guardia.
Escribe en su diario:

Al final ese bicho iba tan cargado, la mula estaba abrumada por el peso, no soportó la carga y por eso perdí todo. Fuimos atacados por una jauría hambrienta. Nos ladraban con la lengua afuera, rabiosos, son los perros del país de los araucanos. Los espantamos a balazos y huyeron despavoridos, aullando. Nos hicieron un gran perjuicio sacándonos la carne salada y curtida al sol, alcanzaba para tres días. Los indios han comido sus propios perros en los tiempos de miseria.

Deus se sobresalta, le ha parecido ver una silueta del otro lado del fuego. Se levanta y camina entre los arbustos con las manos sobre el fusil.
Escucha pasos y se detiene. Mira alrededor. Está en guardia.
Le parece ver la figura de una mujer que lo está observando. Deus se inquieta pero no alcanza a reaccionar cuando una yegua se cruza frente a esa imagen y se pierde al galope entre los árboles. Vuelve a mirar en la misma dirección, allí, afuera solamente está el desierto.
No está tranquilo y como atraído por un imán se adentra en el matorral.

En medio de una luz casi espectral, con los pies hundidos en la niebla de esa parte de la llanura, ve una muchacha de mediana estatura. Tiene una camisa de lana raída, semioculta entre las pajas bravas que son altas hasta dos metros.
Deus hace un gesto, está por decir algo pero Lum le hace una seña pidiéndole silencio; algo así como un voto de confidencia.
La sigue. La muchacha avanza hasta que se detiene; él se queda mirándola.
"¿Quién eres? ¿De dónde vienes?"
Ella no contesta.
"¿Te perdiste?"
Lum mantiene silencio.
Deus da un paso adelante y le ve los ojos claros.
"No eres del todo india".
Él da otro paso largo y está frente a ella. Pone los dedos debajo del mentón de Lum y lo alza un poco para verla mejor.
La joven machi lo mira fijo.
"Tu cara es fascinante, la mezcla…"
Lum es más rápida que las palabras de él, saca la navaja de su faja y antes de que Deus pueda salir de su admiración, empuñándola de costado con la mano firme le hace un tajo en la garganta. A Lum la vista se le nubla y en ese fundido a rojo que la impregna, ve a su padre empuñando su sable oficial, moviéndolo en el aire dibujando ese gran semicírculo en el que separó la cabeza

del cuerpo de su madre, en ese punto justo donde ahora mana la sangre de Deus.
Sujetar la cabeza para que no ruede.
Deus está tratando de taparse el corte que tiene en el cuello con las manos.
Lum está allí parada. Parece verlo todo por primera vez y en la confusión de las imágenes, suelta la navaja de golpe y corre.
Deus intenta arrastrarse al campamento. La muerte le permite llegar hasta donde duerme el teniente. Lo llama con lo que le queda de voz.
El teniente despierta y ve el rostro de Deus con los ojos ya vacíos.

19 de febrero, 1879

Mon cher journal:
Tengo que admitir que el desierto salvaje tiene su belleza voluptuosa.
La flor del aromo en estos días, creo que nunca antes la he olido con tanta fuerza y de un modo tan íntimo. Las flores ya marchitas son arrastradas por el viento frío y me hacen estornudar junto a la hoguera.
No permitiría que nadie leyera este diario ya que no soy escritor. En estos últimos días he renegado también de mi oficio de agrimensor, soy apenas un modesto fotógrafo y más allá de lo que descubra, no quiero volver a estas tierras.

S. Deus

Otra vida

Lum corre hasta que cae rendida, da arcadas y vomita. No tiene mucho en el estómago. Luego se gira sobre su espalda y llora.
Cinco años atrás estaba en el lecho del río cubierta de sangre, convulsionándose y la sombra de una mujer vieja la cubrió.
Era la machi que vino a buscar hierbas medicinales y se encontró con la escena de muerte.
La vieja machi la envolvió con su poncho, su calor la ayudó a tranquilizarse y Lum se quedó dormida.
La machi recitaba un cántico sagrado en su oído.
Lum abrió los ojos y dijo:
"Seré machi y sanaré a los enfermos, viniste para darme una nueva vida".

Cuando una joven es elegida por el gran señor celestial para ser machi, se hace una fiesta y todos bailan y dan sus bendiciones. Ruegan para que Ngenechen le ofrezca animales y un alma vigorosa, el cuchillo y el colihue para que no prevalezcan sobre ella los espíritus dañinos.

Aunque la machi sabía que muchos no aceptarían la iniciación de Lum, el cacique entendía esa luz misteriosa que la joven albergaba y que únicamente pertenece a los chamanes.
Ella siempre fue distinta, más allá de la sangre de blanco que corría por sus venas. La gente del pueblo decía que estaba maldita por el modo en que su padre había matado a su madre y que su mirada ocultaba un engaño.
La mayoría la rechazó, sin embargo la machi le dijo que estaba segura de que ella podría pasar la gran prueba.

Una machi puede verse a sí misma como un esqueleto. Puede reintegrarse a la vida y allí renacer de modo místico.
Lum sentía a su madre dentro suyo desde el momento en que abrazó su cuerpo muerto en la orilla del río. Pero ya era hora de dejarla ir para que sobreviviera sólo su propio esqueleto.
El espíritu de su madre debía retornar a su origen, encontrar su morada y a partir de ese momento, hacer su camino.

El cielo está despejado. No ha amanecido aún. Lum puede ver a la distancia una nube de un gris espeso que se mueve y cree que los montes vienen a su encuentro.

Todavía le falta una semana para que las heridas de sus brazos y piernas cicatricen. Para olvidar el dolor, concentra su atención en los espíritus que quedaron deambulando tras la quema. Sabe que sólo ella puede ayudarlos, sin el cultrúm va a tener que hacer un doble esfuerzo para que ellos descansen definitivamente.

Lum se arrastra para recluirse en la maleza. El pasto está amarillento. Se acuerda de que la machi le decía:

"Mira, Lum, cómo cambia la luz del sol, deja que ese resplandor te encienda".

En ese momento una mano invisible la toma con facilidad desde arriba y la alza por encima de las nubes. Poco a poco se vuelve más liviana. Percibe que es parte de algo enorme y vivo, la energía entra en su cuerpo en un fluir constante. Quisiera quedarse flotando allí para siempre, pero la mano vuelve a recogerla y la conduce de nuevo hasta la tierra donde cae suavemente entre los arbustos.

Lum sonríe, sabe que ha sido Ngenechen su guía y que ahora es machi poderosa.

1864

El blanco quedó deslumbrado al verla amasar la arcilla y pensó en hacer un trueque. Ella tenía doce años y él treinta y seis.
El hombre llegó a la casa del padre y le dijo que quería cambiar un costal de diez kilos de harina por su hija. El padre primero se negó, después, ante la obstinación del otro, dijo que lo pensaría porque lo que le ofrecía era poco. Debía darle al menos tres sacos. El blanco rio y le dio a entender que no tenía otra opción más que aceptar. El indio pronunció frases en mapuche levantando el tono de voz y salió de su casa y unos minutos después, volvió trayendo consigo a Fén.
El hombre sonrió al verla, entregó el costal. Sellaron el trato con un apretón de manos, y se la llevó.

Fén se ocupaba de atender al huinca sin descanso. Esquilaba las ovejas y trabajaba la arcilla. Él la había comprado como una cosa, y como quien hurga una herida, siempre le repetía gritando que ella valía sólo un costal de harina hasta para su padre. La india guardaba silencio, sólo con la mirada fulminante del blanco quedaba deshecha.

Durante un tiempo vivieron así, él terrible y Fén hermética ante esa sombra inmensa que caía sobre ella para humillarla. Él extrañaba las comodidades de la ciudad y eso aumentaba el malhumor y la intolerancia hacia las costumbres de los indios, y descargaba su odio en Fén, insultándola.

Una noche el huinca entró al toldo, y al verla envuelta en su chalina, enceguecido y furioso la golpeó hasta dejarla desvanecida.

El hastío lo llevó a irse de un día para el otro, abandonándola con una hija de dos años y medio a la que apenas diferenciaba de las demás niñas de la tribu.

El blanco cabalgó sin detenerse dejando atrás el desierto. Iba a contactarse de nuevo con su mundo, a ver si podía recuperar la vida que tuvo antes de llegar a la toldería.

En Buenos Aires algunos de sus parientes lo recibieron con frialdad. A nadie agradaba su presencia y aunque la ley ya no lo buscaba, su reputación lo precedía. Corría la voz que había adquirido los modos de los salvajes.

Empezó a reunirse con sus viejas amistades y gastaba su dinero en el bar y en el burdel. Sin embargo esa diversión le duró poco. Aquél que había presentado cargos por estafa contra él, lo encontró una noche que volvía a su casa y haciendo justicia por mano propia, lo apuñaló dejándolo tendido en la calle.

El blanco sobrevivió. Con el tiempo las heridas se curaron, pero estaba solo y le faltaban las atenciones de la india.

Seis años pasaron antes de que el blanco volviera a la toldería a reclamar a la india.
Durante ese tiempo, Fén había vivido de su trabajo. Era fuerte y la tenacidad la sacó adelante. Su hija tenía cerca de nueve años y ayudaba a su madre en todos los quehaceres.
El blanco llegó intempestivamente una tarde, cuando Fén y su pequeña tejían en el telar. Él dijo a la mujer que ella le pertenecía, que debía irse con él, y dejar a su hija en la toldería.
Al escuchar esas palabras, la niña rompió en llanto. El blanco quiso hacerla callar. Se volvió contra ella levantándole la mano y fue en ese momento cuando Fén se interpuso para que no la tocara.
"Todo estará bien", dijo a su hija, y luego miró al blanco y asintió con la cabeza.

Esa noche mientras el huinca dormía, Fén despertó a la niña, le pidió que fuera silenciosa. Tomó un morral donde guardó algunas provisiones y huyeron.

A pie no podían andar rápido y Fén esperaba que el destino se pusiera de su lado.

Habían caminado algunos quilómetros y escuchó un galope que se acercaba. Ella dijo a su hija que corriera y tropezándose con las piedras buscaron donde esconderse.

No había nada en el desierto, ningún lugar donde desaparecer.

Cada segundo se escuchaba más cerca el trote del caballo y la india se sintió cercada. El aire le golpeó la cara. No se había percatado de lo fuerte que soplaba el viento hasta que de golpe se detuvo por completo.

Treinta segundos de total quietud en los que el mundo pareció detenerse. Fén sabía que cuando el viento se detenía así de golpe era mal presagio. Vio un canelo delante de ellas y atinó a ocultarse detrás, el tronco apenas las tapaba.

El galope estaba casi sobre ellas y Fén retomó coraje, volvió a correr con la niña de la mano, pero el blanco las alcanzó.

Con su caballo se detuvo justo enfrente de la mujer, desmontó y sin decir una palabra la agarró del brazo. La india sabía que no podía luchar con ese hombre. Subió al caballo y sostuvo con firmeza a su niña que se aferró a ella. Él montó detrás y azuzó las riendas. Fén sintió el cuerpo tenso del hombre contra el suyo y no hizo falta que él dijera nada porque era evidente que estaba enfurecido.

Al llegar al toldo, el hombre las empujó adentro y las obligó a que se acostaran.

A la mañana siguiente la india no vio al hombre por ninguna parte. Tampoco encontró sus cosas. Fén pensó que se había ido o que se había arrepentido de venir por ella y un alivio le aflojó el cuerpo. Preparó algo de comer y después fue con su hija al río a bañarse.

La pequeña metía la cabeza debajo del agua y abría los ojos para mirar a los peces, mientras su madre la contemplaba.

La niña alzó la cabeza y escupió un pececito que atrapó en la boca, su madre rió y todo lo que había ocurrido el día anterior pareció un mal sueño.

Fue en ese momento que Fén escuchó el relincho de un caballo, se dio vuelta y cambió de expresión. Vio la figura del blanco a contraluz, se había detenido sobre una lomada, estaba montado sobre el animal, observándolas.

Sauce Chico, 1852

El camino bordea el río, uno de sus brazos hace un codo y se mueve lento. Una vena azul. El teniente escucha el ruido de un carro que se acerca y la voz de su padre, pero es su propia voz que viene de lejos.
"Padre, ¿creés que haya otra vida?"
"Difícil averiguarlo, hijo".
El último día de su visita a Bahía Blanca, la misma casa humilde junto al muelle.
"¿Qué mirás?"
"Miro por la ventana, un barco atraca en el puerto, padre. No hay nadie en la cubierta".
Los cascos del caballo del carro trepidan.
"¿Alguna vez volviste a ver a esa muchacha india, padre?", preguntó el teniente.
"Esa es otra historia", contestó, "no habías cumplido un año cuando te caíste del carro".
Y le contó de nuevo de aquella carrera vertiginosa por encontrarlo. Era casi de noche. La muchacha esperaba frente al puente de Sauce Chico, estaba segura de que alguien vendría por él. Lo tenía en los brazos, se lo había prendido a la teta para que no llorase. La india le devolvió al chico y el padre simplemente le agradeció.

El teniente se lleva el dedo a la boca, percibe el gusto del agua de mar y una vez más se vuelve para mirar el polvo fino que ha quedado suspendido sobre el río.

RESURRECCIÓN

Fantasmas

Un hombre se acerca cabalgando en medio de la polvareda, es el teniente.
La suerte está echada, Lum no intenta escapar.
El teniente llega hasta ella, le ve la camisa de lana manchada de sangre como un carnicero.
"¿De dónde saliste, china?".
El hombre desmonta y se acerca con cautela, al ver que ella no reacciona, le ata las muñecas con tientos, alza a la muchacha en la grupa delante de él y azuza al caballo. Cabalga sentado cerca de los cuartos traseros del animal, el torso echado hacia adelante, los brazos tensos y flojas las riendas. Cuando clava las espuelas en la carne el caballo relincha, y galopa más largo, por los flancos le resbala sangre.
La luz crece y se disipa por la llanura.
El teniente cree ver la figura de un barco hecho de telarañas y huesos que navega entre los médanos buscando un lugar dónde amarrar. El barco no tiene tripulantes. No hay nadie en la cubierta. A la deriva sacude sus velas y se aleja en un resplandor que pronto se difumina.
"Me estoy volviendo loco", piensa el teniente.
Lum se aferra a las crines del caballo.

El miedo rige sobre la muerte, no más gritos salvajes, no más enfrentamientos, casi no quedan indios en el desierto.

"Alambrar para qué, conquistar para qué", murmura el teniente.

Lum, el teniente y Ancatril continúan viaje por el desvío que tomaron quilómetros atrás, cuando el jinete ensangrentado los alertó del peligro. Se adentran en un territorio extraño, donde ni los indios ni los soldados acostumbran pasar. Un camino que no lleva hacia ninguna parte y cuyo paso al fortín es difícil.

A un costado, entre dos largas filas de algarrobos, ven un sendero que conduce hasta un portón de hierro que protege una vieja estancia.

El teniente lleva a Lum sobre su yegua y se detiene al divisar esa casa que se alza a unos ciento cincuenta metros de ellos, a la derecha.

Falta muy poco para llegar al fortín, pero como si quisiera demorar ese momento, el teniente dice a Ancatril que van a ver si hay alguien allí, tal vez lo dejen asearse.

Atraviesan el sendero y llegan hasta el portón que está cerrado con candado. El teniente golpea las manos y grita:

"¡Hay alguien aquí!".

Después de algunos minutos un hombre de unos sesenta años, armado con una carabina, se asoma y les pregunta qué buscan.

El teniente se presenta, le dice que él pertenece al ejército, que están yendo al fortín y que esperan encontrar en esa casa algo de hospitalidad.

El hombre fija su mirada en las medallas que cuelgan sobre la chaqueta del teniente y enseguida pregunta por qué trae a esos indios con él.
"Uno es mi soldado y la otra es un rehén", dice.
El viejo baja el arma, abre el candado, los deja pasar.
Entran. Es una casa grande, con largos pasillos y muros anchos. Los muebles caros, el mármol de las escaleras y el terciopelo de las cortinas, comido por las polillas, denotan un pasado de esplendor. El teniente no puede evitar su curiosidad y pregunta si ha sido un malón lo que espantó a los dueños.
El viejo niega con la cabeza.
"Fueron bandidos", y agrega, "caudillos enemigos del patrón. Vinieron una noche, hace cincuenta años, mataron a todos y se llevaron el ganado".
Cruzan el zaguán y salen a un patio interno donde hay un aljibe. El teniente pide bañarse con agua limpia del pozo. El viejo asiente, baja el balde de madera para sacar agua, y entusiasmado por la posibilidad de hablar con alguien, continúa diciéndole,
Los parientes del difunto patrón vivieron aquí un tiempo, pero se fueron huyendo porque decían que había fantasmas. Después me contrataron los herederos de la familia. Soy el segundo cuidador que está cargo de la casa. El anterior murió de un infarto una noche de tormenta.

El viejo observa a los tres visitantes, ninguno parece alarmado. Insatisfecho con el efecto de sus palabras, saca el balde cargado con agua y prosigue:
"En realidad es el viento que golpea las puertas y se cuela por las ranuras de las ventanas, pero esa gente creía que eran las voces de los muertos".
El hombre hace un silencio y dice que su rancho está detrás de la casa, al lado del cementerio donde reposan los restos de la familia asesinada. Desengancha el balde del pozo y camina hacia una puerta abierta a un costado del patio.
"Síganme".
El teniente lleva a Lum de los tientos y Ancatril va detrás con el fusil en mano.
El cuidador los hace subir por unas escaleras y una vez arriba, avanzan por una galería con arcadas. Desembocan en una habitación con una tina donde el viejo vuelca el agua.
"Puedo convidarles con pan y vino, teniente", dice y sale de la pieza para volver a recargar el balde.
El teniente da la orden a Ancatril de llevar a Lum al patio y vigilarla mientras él se baña.
El indio obedece. Empuja a la joven machi, atraviesan la galería y descienden por unas escaleras. Han equivocado el camino, no encuentran el lugar de donde vinieron. Ancatril mira a su alrededor desconcertado.

Debe ser por aquí, dice en su lengua materna y cruzan por un pasillo donde hay varios cuadros colgados, retratos de familia.

Lum no puede evitar que sus ojos se posen en las pinturas de esos blancos, parecen devolverle la mirada como si quisieran decirle algo.

La joven se detiene a mirar una niña que le estira una mano desde un cuadro. Parece que tratara de escapar del marco dorado con un gesto de terror.

Ancatril no puede ver lo que ella ve y la tironea del brazo para que avance.

Salen a un patio detrás de la casa. Los pastos están altos, descuidados, delante hay un gallinero y lo que fue un establo.

Lum ve a la niña del cuadro parada frente a ellos. Lleva un vestido rosa pálido con tres hileras de volados, medias blancas con puntillas y el pelo recogido con una cinta de seda. Está apuntando con el dedo índice al gallinero.

Lum empuja a Ancatril sorprendiéndolo, y corre hasta donde la niña señala. Ancatril la sigue y vuelve a agarrarla del brazo.

Ella descubre un pequeño zapato gastado entre el polvo detrás del alambrado, donde están las gallinas.

Abre la puerta y toma el zapato entre sus manos. Una escena se despliega frente a ella. Hay cuatro niños escondidos en el gallinero, entre ellos está la pequeña que la llamara desde el cuadro. Los ve atemorizados, apretados unos contra otros y un hombre que entra de golpe. Los niños gritan y todo se oscurece.

Ancatril le hace advertencias en mapuche para que no intente escapar. Lum se da vuelta, lo mira con dureza y el indio se queda mudo.

"Aquí mataron inocentes", afirma ella, "esta vez fueron blancos contra blancos".

Lum exige a Ancatril que le devuelva el cultrúm que se llevó el teniente. Le dice que fue iniciada como machi hace poco y que el tambor que el teniente robó es su única herencia.

"Hay espíritus que necesitan partir, Ancatril".

El indio la mira, pero duda.

"No voy hacer nada en contra tuyo", le asegura Lum.

Ancatril se convence y asiente. De todos modos, toma precauciones antes de irse, y con un lazo la ata al alambrado.

"Vuelve con el cultrúm".

El indio le suelta los tientos pero no abandona en ningún momento su fusil.

Lum toca el tambor invocando a esos niños.

Ancatril la escucha, conmovido.

La joven machi hace una ceremonia. Está guiando a los espíritus que se quedaron perdidos en ese lugar maldito, como machi es la única que puede hacerlo. Concentrada durante algunos minutos en el ritmo del tambor, los ojos en blanco, entra en trance.

El espíritu de la machi debe desprenderse de su cuerpo en un viaje astral. Atravesar una selva virgen, subir una montaña, cruzar mares, ríos y pantanos, hasta ponerse en contacto con los dioses.

Todo esto transcurre en minutos.

Dentro del gallinero se escuchan vibraciones. Ancatril y Lum están envueltos en el misterio del ritual.

Cuando ella da un último golpe de tambor, deja pasar un momento y abre los ojos.

Ancatril se acerca, le pide que ponga las manos hacia atrás y vuelve a atarla. Le ha colgado el cultrúm a la espalda.

Esta vez no tuvieron dificultad en encontrar el patio y se sentaron en el suelo a esperar que bajara el teniente.

La estancia queda en una calma profunda.

Llegada al fortín

En las lumbreras se queman las velas de sebo que iluminan el puesto de frontera. Una construcción enigmática de ladrillos de adobe y sin ventanas. Ni siquiera un tragaluz por el qué mirar, hay un hueco allá arriba y una escalera atornillada al suelo. Ante la puerta un soldado masca tabaco, plantado en la tierra con el fusil al hombro. De las antorchas se desprenden chispas y dispersa en el aire un humo fino que huele a herrumbre. Circundado por una cuneta, tumbado sobre la planicie, el fortín es una construcción desnuda envuelta en una pereza misteriosa. Adentro se escucha el sonido de un acordeón.
Un cabalgar chasquea en el llano. Alguien viene. Caballos se acercan al galope.
El guardián de la puerta se inclina ante el umbral. Un nicho de luz aparece frente a él al hacer arder la mecha de una lámpara. Cuando se vuelve, la mitad de su cara está iluminada. Los jinetes se detienen y se apean. Amarran los animales a las argollas amuradas en el frente.
Los perros olisquean las patas de los caballos.

"Tranquilos, no son indios. Tigre, vení", dice el guardián a un perro grande y pardo que se acerca moviendo la cola. Parpadea con las orejas bajas y se sienta a su lado. La jauría se separa.
El guardián de la puerta da un golpe con el taco y hace la venia.
El teniente dice:
"Buenas, soldado, somos de la compañía de Sanabria, déjenos pasar".
"Tengo órdenes de no dejar pasar a nadie".
"Venimos del asalto a la toldería, somos la retaguardia de la división, estamos cansados, denos el paso".
El soldado se queda pensativo.
"¿Buscan al coronel Soria?"
"No. Tengo algo que rendir ante el general".
El guardián abre la puerta tan pronto como la cierra. Sube la escalera aprisa y se lo ve arriba en el mangrullo, demora unos minutos y vuelve escalera abajo. Sale con unas hojas en la mano.
"¿Cómo era su nombre?"
"Teniente Marcial Obligado, tercer regimiento de caballería".
El guardián de la puerta busca el nombre en la primera hoja.
"No está".
"Tiene que haber un error", dice el teniente.
El soldado mira a Lum de arriba abajo,
"¿Y esa china? A Soria le va a gustar".
Todos hacen silencio.

"Ah mire, aquí está. Obligado, usted está en la lista de los muertos".

"Y será que son todos unos inútiles", dice el teniente.

"No puedo dejarlo pasar", insiste el guardia.

"No sé si se le dio por ponerse en bromista o en necio, pero no es modo de tratar a un oficial que ha recorrido un largo camino atravesando el desierto. He perdido a todo mi escuadrón, salvo este indio que ve acá. Traigo a esta mestiza, es mi prisionera, la vamos a ajusticiar por haber matado a uno de mis hombres".

El teniente mira a la india:

"Y quizás haya tenido que ver con la muerte de los otros".

"¿Me quiere decir que esta mestiza acabó con sus hombres? ¿Qué clase de escuadrón dirigía usted, teniente?".

El soldado se acerca a Lum que está maniatada, le pasa una mano por la cara. La joven machi agacha la cabeza veloz y le muerde dos dedos. El guardia grita e intenta zafarse, pero ella no suelta la presa de su mandíbula.

El teniente se acerca a Lum desde atrás, saca el cuchillo de su cintura, el que tiene grabadas las iniciales J.M.R., y con la mano izquierda la sujeta.

Los ojos de ella se abren grandes. Suelta al guardia que ahora está en cuclillas bramando de dolor porque le ha quebrado un dedo.

El teniente levanta el cuchillo en el aire, pero cuando va a clavárselo en el cuello, duda, se paraliza. Ancatril da un paso adelante y por primera vez se anima, se abalanza y agarra al teniente de las muñecas. Éste tira el cuchillo y Lum sale corriendo.

El teniente empuja a Ancatril y saca su rémington. Le apunta a la joven machi.

Lum corre con todas sus fuerzas, ve algo que se desliza allá delante en el horizonte, es su yegua que viene al trote.

El teniente dispara.

Un temblor recorre las entrañas de Lum hasta su cabeza. Un tiro le ha dado justo en la oreja cercenándosela.

Ella no se detiene. Avanza tenaz. Una voz potente le grita dentro del cráneo. Algunas gotas de sangre chorrean por su cuello salpicando de color lacre el desierto.

Escucha que la vieja machi le canta al oído.

El tiempo hace que la carne se pudra pero no la voz.

Lum monta su yegua. Su imagen se pierde en la niebla fría.

El teniente le grita a Ancatril,
"¿Por qué te metiste?"
"Si quiere máteme", le responde.
"Este indio es un traidor, llévelo ante el coronel Soria", reclama el guardia de la puerta.
El teniente no responde, está mirando hacia la nada.
"¿No escucha?", el soldado está sentado sosteniendo su mano herida.
El teniente piensa que ha corrido mucha sangre para convertir el desierto en qué. Se queda contemplando el fortín, toma aliento, como si lo necesitara antes de proseguir. Un extraño frío corre por su cuerpo. Sus ojos tienen un resplandor vidrioso. Desenfunda rápidamente su pistola y dispara un tiro que abre un hueco perfecto en medio de la frente al guardia.
"Lo van a fusilar, teniente", reacciona el indio.
Apenas una mueca se dibuja en la boca del teniente mientras deja caer su arma.
El desierto enmudece.

Epuyén, Patagonia, 1895

Sé que nací en el otoño de mil ochocientos sesenta y cinco, mi madre me contó que ese día la machi me lavó con agua de lluvia. Mi padre había venido de la Capital y vivió entre los indios por un tiempo. Había huido de su gente por alguna razón. Tal vez había matado a un hombre o era un desertor, no lo sé.
Ya entonces los indios de nuestros toldos, se aprestaban para la guerra y vigilaban las tierras bajas. Una vez al día se encontraban para planear sus movimientos mostrando sus lanzas, los cuchillos, las boleadoras, las espadas y las pistolas robadas. Los hombres decididos, palmeaban las grupas de las yeguas, después se quedaban inmóviles y en silencio. Cada tarde veía a los indios prepararse frente al borde del bosque. Me acuerdo apenas de la cara de mi padre. Una vez me levantó por la cintura a la altura de su cara y me miró como a una gallina enferma.
Mi madre parecía una mujer de arcilla, usaba un collar de plumas y cobre y siempre tenía las manos cubiertas de barro. Cada cuatro lunas los alfareros de la toldería llegaban hasta donde se unen los ríos, me llevaban con ellos y volvíamos

con las mulas cargadas con piedras para nuestras labores.

De lo que eran los toldos de mi pueblo sólo quedan tres caldenes antiguos. Eran mensajeros de la lluvia, había que cantarles para que viniera la flor del maíz. Mientras nosotros cantábamos las mazorcas siempre vinieron pesadas, pero ahora todo eso está perdido en el desierto.

Epuyén, Patagonia, 1932

Mi madre se llamaba Lum Hué. Era machi. Llegó a esta comunidad sola, desde el norte, ya de grande. Vino a curar a los enfermos y cuando hacía ceremonia, sus palabras se alzaban entre volutas de humo, remontándose sobre las tierras altas. Yo jugaba chapoteando en el barro o corriendo detrás de las cabras entre las breñas.

EPÍLOGO

La frontera

El desierto extiende sus redes transparentes, el rocío se condensa en ellas y acecha a los vivos con sus innumerables ojos.

Hay eclipse de luna y el cielo desaparece entre nubes bajas al tocar la tierra. Se tiene la impresión de que va a amanecer en cualquier momento. Pero la noche va cerrándose cada vez más, como si el obturador de la máquina fotográfica de Solomon Deus hubiera capturado el espacio y el tiempo de esa ínfima escena.

En la pampa las tres siluetas diminutas caminan lentamente, parece no logran avanzar, y no obstante llegan a un fortín.

Un puño cae sobre la puerta, tres golpes rotundos pesan en la quietud de la noche. Cerca de una antorcha la cara de Lum se ve aún más pequeña. Ancatril está pegado a ella y al teniente, como si no hubiera otro destino que ése, esperar que alguien venga a abrirles.

La puerta del fortín se abre y cruza el umbral un hombre alto, la piel cobriza curtida por el sol. Viste chiripá y una camisa suelta, en la mano lleva una botella de anís. Saluda y bebe un trago. Los goznes resuenan cuando la puerta se cierra.

El teniente apunta al hombre con su rémington. "Tranquilo, no dispare", dice el extraño y agrega, "yo también tengo una rémington, pero no le estoy apuntando".

"Pensé que no era soldado", dice el teniente.

"Sí lo soy".

El hombre deja la botella en el suelo y continúa diciendo:

"Se fue hace mucho, teniente, haga de cuenta que pasaron años, nadie se acuerda de usted en este lugar".

"Márchese, está a tiempo".

"¿Quién es usted?", le pregunta el teniente.

"Soy el cabo Francisco Sepúlveda, ¿No ha escuchado hablar de mí?"

El teniente lo mira de reojo, estudiándolo.

"Qué raro", comenta Sepúlveda sin esconder un poco de indignación y continúa:

"Por estos lados soy un héroe, pero a nadie le importa, pasé al olvido. Algunos dicen que miento, aunque la verdad es que soy un sobreviviente. A veces me alejo del fortín, recorro cientos de leguas a pie con mi pierna renga y en pocos días puedo volver al lugar de donde partí. Ya sabe, en la Araucanía hay sitios donde apenas se puede vivir un minuto, a nadie le conviene quedarse sólo allí. ¿Cierto, china?"

Lum no parece percatarse de su presencia.

Sepúlveda vuelve a dirigirse al teniente:

"¿Toma anís?"

El teniente quiere beber, guarda el arma, busca la petaca del indio y se la alcanza. La petaca está vacía pero aún conserva el olor del aguardiente. "Caña del Puán", dice el cabo cuando quita el corcho.

Un cuervo revolotea sobre sus cabezas y los inquieta.

El pájaro negro se posa sobre el hombro de Lum y grazna. Ella sonríe.

El teniente pide la petaca, traga. El hombre continúa:

"Cuídense de los cuervos, en el vado hay uno que siempre visita una vaca dormida, se posa sobre su lomo y le picotea la cabeza, le saca las garrapatas y la vaca despierta con los cuencos de sus ojos vacíos".

"Ya sabemos de eso", dice el teniente y se acomoda los pantalones.

Sepúlveda cree reconocer algo entre las ropas del teniente y acerca una antorcha para observarlo mejor.

"¿Qué mira?", reacciona el teniente.

"Jota eme erre", lee con esfuerzo Sepúlveda sobre el cuchillo que el teniente lleva en la cintura.

"Algo muy valioso, pertenecía al Restaurador, no es un cuchillo cualquiera el que usted tiene", le dice.

El teniente se sobresalta, escucha un galope que se acerca, se va agrandando, hombres a caballo se agigantan, llevan en el cuello un pañuelo colorado, vienen cantando:

"...el que con salvajes tenga relación, la verga y degüello por esta traición, que el santo sistema de Federación les da a los salvajes violín y violón".

"No se preocupe tanto por ellos teniente, acuérdese que Dios persigue a sus enemigos hasta acabar con ellos y aquí estamos todos entregados, no hay colorados ni azules, no hay piel oscura ni clara, no nos consideramos salvajes ni civilizados, porque a fin de cuentas qué somos".

"¿Estamos muertos?", pregunta Ancatril.

"Hace frío. No perdamos más tiempo aquí afuera, están cansados, pasen y les voy a contar una historia", dice el cabo y les abre la puerta.

Unos puntos luminosos se mueven en la lejanía, no son luciérnagas, son los ojos del desierto que observa y todo es borroso para quienes lo miran.

Referencias

* Testimonio de un cacique mapuche, Lonco Pascual Coña, Biblioteca del Bicentenario, Pehuén Editores, Santiago, Chile, 1984, página 352.
** Un desierto para la Nación, la escritura del vacío, Fermín A. Rodríguez, Eterna Cadencia Editora, Buenos Aires, Argentina, 2010, página 190.

Imágenes
1 Los caldenes, Viaje al país de los araucanos, Estanislao S. Zevallos, Biblioteca Dimensión Argentina, Ediciones Solar, Buenos Aires, Argentina, 1994, página 191.

Made in the USA
Charleston, SC
16 February 2016